「元気百倍、しずパンマン！」
yeah
林城 静（りんじょう しずか）

はせくら
支倉ひより

「浴衣、似合ってるかな?」

「やるなら手伝うわよ」
「真冬……どうする？とりあえず沈める？」

「えぇっ!?
じょ、冗談よね……？」

「そろそろ着替えようかしら」

水瀬真冬（みなせまふゆ）

MY FAVE PERSONS
MOVED INTO CONDOMINIUM
WHERE I LIVE.

CONTENTS

『水瀬真冬』

イラスト：秋乃える

ネットの『推し』とリアルの『推し』が隣に引っ越してきた 3

遥 透子

OVERLAP

イラスト／秋乃える

プロローグ

　議論は平行線を辿っていた。

「だーかーら、水着は絶対却下！　断固拒否だからね！」

　思い切り机を叩いて立ち上がった静は、両手を顔の横に持ち上げるとそのまま対面に座る二人に威嚇のポーズを披露する。まるでライオンのようだと言いたい所だったが、俺には小型の猫にしか見えなかった。現に対面の二人——ひよりんと真冬ちゃんはそんな静を見ても全く動じる事なく平静を保っている。

「うーん、私は別に平気だけど……」

「これで2対1ね。静、残念だけど日本は民主主義国家なの。諦めて頂戴」

　静が猫だとするならば真冬ちゃんはまるで飼い主。それくらいの実力差が二人にはあった。口喧嘩や議論で静が勝つビジョンは全く見えてこない。これで静の方が年上なんだから驚きだ。

「そ、蒼馬くん！　蒼馬くんは海イヤだよね!?　泳げないって言ってたもんね!?」

　やはり静はライオンではなかった。さっきまでの威嚇ポーズはどこへやら、目をうるうる滲ませながら俺に助けを求めてくる。ちら、と横目に確認すると、真冬ちゃんの「分かってるよね？」という鋭い視線が俺を貫いた。

さて、どうしたものか。

「うーん……」

学祭のミスコンで真冬ちゃんが優勝し、その賞品である旅行券のお陰で俺達は旅行に行ける事になった。その事情を鑑みれば、真冬ちゃんの意思を尊重し旅行の日程に「海で遊ぶ」を組み込むべきだと思う。俺だって三人の水着姿が見たくないと言えば全くの嘘になる。静が反対しなければ、俺は一も二もなく賛成していただろう。

だけど。

「蒼馬くぅん……」

ぎゅっと祈る様に手を組んで俺を見上げる静を見てしまうと、そんな事情はどこかに吹っ飛んでしまいそうになるのも事実で。

「…………俺も海はちょっと嫌かも。水着も持ってないし」

「！」

こうして笑顔になる静を見られただけで、良かったと思ってしまうんだ。俺はいつから静の保護者になったんだろうか。

「むー……」

真冬ちゃんの冷たい視線が肌を突き刺す。ジト目で俺を睨んでくる真冬ちゃんの横で、ひよりんが俺達のやり取りを見て微笑んでいる。いつもの日常。

「ごめんごめん、でもその代わり宿とかには口を出さないからさ」

そんな日常でのちょっとした一言が、まさかあんな事になるなんて思わなかったんだ。


議論は平行線を辿っていた。

「だーかーら、一室は絶対却下！　断固拒否だからな！」

俺は思い切り机を叩いて立ち上がった。何かデジャブな気がしたが今はそれを考えている場合じゃない。このままでは平和なはずの旅行がとんでもない事になってしまう。

「皆の希望を考えるとこの旅館が一番良さそうなのよ。あと一部屋しか空いてないから迷ってる間にここも埋まっちゃうかも」

「いや、そんな事言ったって流石にまずいって」

言い争いに発展しそうな所で、ひよりんがぼそっと口を挟む。

「うーん、私は別に平気だけど……」

「これで2対1ね。お兄ちゃん、残念だけど日本は民主主義国家なの。諦めて頂戴」

話は終わりよ、とばかりに真冬ちゃんは俺から視線を切る。ひよりんは感情の読めない薄っすらとした微笑みを湛えて小さく左右に揺れていた。酔ってるなこりゃ。

「し、静！　静は俺と一緒の部屋なんて嫌だよな!?　男女別の方がいいよな!?」

こうなると心の支えは隣で沈黙を貫いている静しかいない。俺は昨日静のピンチを救った。俺達は今確かな絆で繋がっているはずだ。日本は民主主義国家。2対2ならまだ分からない。

俺は静に視線をやる。そして、絶望した。そこには満面の笑みを浮かべた静がいた。

「私も同じ部屋で大丈夫だよ？　皆で同じ部屋の方が絶対楽しいし！」

「そ……んな………」

静、お前もか……カエサルの気持ちが今なら分かる気がした。絶望が俺を深い暗闇の中に引きずり込む。

「お兄ちゃん、そういう事だから。予約は私が済ませておくから安心して」

「真冬ちゃん、よろしくお願いね」

「真冬ないす！」

俺とは裏腹に、三人は明るい陽だまりの中にいるようだった。男女一緒の部屋で寝泊まりするなんて普通女性側が嫌がりそうなものだけど、どうにもその感覚は三人から抜け落ちてしまっているらしい。そしてどうして本来なら喜ぶべきはずの俺が断固拒否しているのかというと、そんなもの決まっている。精神が保たないからだ。

俺達は確かに日常的に会話をし、同じ空間でご飯を食べ、時には家にお邪魔する事もある間柄だ。普通の友達以上に仲が良いのは間違いない。ホラーゲームにビビった静と一緒に寝た事もあるし、起きたら隣に半裸の真冬ちゃんが寝ていた事もある。今更一緒の部屋に泊まるくらい何を……と思うかもしれない。

でも、それとこれとは全然違う気がするんだ。なんたって温泉旅館だ。という事はつまりお風呂上がりの三人と、それも浴衣姿で一緒に過ごすという訳で。

「じゃあそろそろ戻るわね。お休みなさい、お兄ちゃん」

最低限の仕事はこなした――みたいな顔でリビングから出ていく真冬ちゃんを、俺は見送る事しか出来なかった。三人とも本当に平気なんだろうか。今の所俺は全く平気じゃないんだが。

「という訳で、二日ほど配信はお休みになる予定。もしかしたら帰って来た日にちょっと配信するかもしれないから、その時はツブヤッキーで呟くね」
コメント：『了解です』
コメント：『旅行いいなあ』
コメント：『他のメンバーと行くの？』
「んにゃ、メンバーとじゃないよ。普通にお友達と温泉！」
コメント：『温泉うらやま』
コメント：『ゆっくり羽伸ばしてきて』
コメント：『もしかしてひよりん!?』
「の、ノーコメント！　それでね、私旅行とか殆ど行った事ないから何が必要なのか皆に聞きたいんだ！」
コメント：『この反応はひよりん』
コメント：『分かりやすすぎる』
コメント：『ひよりんと旅行とかあっっっ』

「だ――――っ！　ひよりん禁止！　それより何持っていけばいいか教えてよ！　お財布とスマホ以外で！」

全くもう………すぐ詮索するんだから。というか何でバレたし。

コメント：『充電器は必須』

コメント：『スマホあれば最悪何とかなるよ』

コメント：『女の子なら化粧品とか美容系』

「なるほどなるほど……最悪スマホがあればなんとかなると」

あんまり気合入れて行かなくてもいいのかな。キャリーケースぱんぱんの荷物を想像してたけども。

コメント：『拾うのそこかよ』

コメント：『実際一泊なら何とかなる』

コメント：『アメニティが肌に合わなかったりとかあるからちゃんと準備した方がいいよ』

「皆ありがとー、とりあえず化粧品とかシャンプーとかは持ってくようにする！　旅行用に明日買い出しに行ってくるよ」

使ってるやつをそのまま持っていこうとすると嵩張り（かさばり）そうだしなあ……それこそキャリーケースが必要なくらいに。小分けにして持ってった方が良さそう。もしかしたらトラベル用とかあるかもしれないしね。

「じゃあ今日はこれで終わるねー。明日、旅行前最後の配信するからまた来てね！」
コメント：『おつ！』
コメント：『おやすみー！』
コメント：『また明日ね』

◆

翌日、私は近くの百貨店にやってきた。別に化粧品類を買うだけならここまで来なくても良かったし、何なら百均で入れ物を買うだけでも良かったんだけど、寝る前に色々考えてたらやっぱりちゃんと準備した方がいいのかなって思ったんだ。

だってだって、蒼馬くんと旅行なんだよ!?

何か色々あるかもしれないじゃん！

何かは分かんないけどさ!?

そんな感じで百貨店で色々見ておこうと思った訳さ。キャリーケースもあったら便利そうだし、この機会に買っちゃおうかな。

という訳で、いざ出発。

「……とは言ってもなあ」

一体何から手を付けたらいいものか。旅行なんて高校の修学旅行以来だし、その時のグッズは全部実家。つまり私は何も持ってない。真っ白のキャンバスな私はどこに筆を置けばいいか迷ってしまうんだ。

「うーんと……」

スマホのメモを開く。思いついたものを片っ端から書いただけの買い物メモ。その一番下に書かれていたとある文字に、私の顔はカッと熱くなった。

「………いい感じの下着、って……」

全然書いた記憶がない。多分寝落ちする直前に寝ボケて書いちゃったんだと思う。一体全体何を思ってそんな事を書いたのか、それを今明らかにするのはよろしくない気がした。何というか、今すぐここから走って逃げだしたくなる。

「むむむ……」

悩む私をよそに、頭の中には天使と悪魔に扮した私が現れる。二人は私に許可も取らずに喧嘩を始めてしまった。

『過激な下着で蒼馬くんを誘惑よ！』

『ムダムダ、そもそもサイズあるの？』

『サイズの事は言うんじゃないわよ！』

天使の鋭い右フックが悪魔の顎を捉えた。たちまちその場から逃げ出す悪魔の私。天使の私はにっこりと気持ちのいい笑顔を私に向けると、ほわわわんと消えて行ってしまった。

何だったんだろう今のは。

「まあ、でも……一着くらい、あっても……いいか……？」

少なくとも持ってててダメという事はないはず。というか、大人の女性なら持ってて然るべきなのでは。ひよりさんは絶対持ってるよね。真冬もしれっと持ってそう。

うんうん、そうだよ。今ドキ勝負下着の一つも持ってないなんてそっちの方がおかしいよ。旅行に持っていくかは別として、とりあえず買ってみよう。いざという時後悔したくないし。用がなかったらなかったで押し入れに閉まっておけばいいだけだし。

なんて考えている間に、私の足はランジェリーショップに向かっていて。

「き、来てしまった……！」

今更引き返せる訳もなく、アリジゴクの巣に落ちていくアリのように、私は店内に吸い寄せられていった。

……本当に買うのか、私!?


「ほげぇ……穴開いてるじゃんこれ……絶対無理無理こんなの……」

最早布と言うより紐と言った方が正確そうな赤い下着を手に私は固まっていた。身体が動かない分巡りが盛んになった頭では、必死に「どうして下着なのに布がないんだろう」と考えている。きっと答えは出ない。

「こりゃ私には無理だなぁ……」

天使に唆されるがまま勇み足で来てみたはいいものの、どうにもこの布もどきを着ている自分が想像出来ない。こういうのはきっとひよりさんとかが着てこそ効果を発揮するのであって、私みたいなちんちくりんにはちょっとハードルが高すぎる。

——それでいいの、私？

頭の中で天使が囁く。いや、これは私の感情か。この心の底からせり上がってくる気持ちは、間違いなく私の本心だ。

それでいいのかって？

「……良いワケないに決まってるでしょ」

似合わないからって後ずさりしてちゃ、蒼馬くんを二人に取られちゃう。そんなのは絶対に嫌だ。蒼馬くんに関してだけは絶対に後悔したくない。少しでも蒼馬くんが私の事を好きになってくれるなら、何だってやりたいんだ。

「ぬおお………」

もう一度目を向けてみる。なんか所々、それも大事な部分が透けてるし、横なんて完全に紐だ。これは本当に下着なのかな。見れば見る程不安になってくる。

でもこれで蒼馬くんが好きになってくれるなら……。

「いかがなさいましたか？」

「はいッ!?」

突然の声に持っていた下着を落とす私。ああもう、本当にごめんなさいすぐに拾いますから！

慌てて屈んだ所で、すらっとした綺麗な指先が私より早く下着を掻っ攫っていく。そこで私は店員さんに声を掛けられたんだと気が付いた。

「どうぞ」

「あ、どもです……」

笑顔の店員さんから下着を受け取りながら、つい視線は胸に行ってしまう。うむむ……やっぱり大きいなあ。流石こういうお店の店員さんだけはある。

「下着、お探しですか？」

「あ、ああ～……いや、まあ……そんな感じです……？」

面と向かって訊かれると何とも居心地が悪い。まさか「男を誘惑出来る下着を買いに来ました！」なんて言える訳もないし。

「こういったデザインの物をお探しで？」

「うぐっ……」

店員さんが手で示すのは、今まさに私が手に持っている「男を誘惑出来るデザイン」の下着。なんだか自らの煩悩がバレてしまったみたいですこぶる恥ずかしい。穴があったら入りたい。

「あはは……私には似合わないですかね……？」

やっぱりこういうのは胸がないと厳しいのかな。店員さんも私がサイズの合わない下着を手にずっと固まってたから言いに来たのかな。そんなの着ても無駄だよとか言われちゃうのかな。ワンチャン泣いちゃうぞ……。

「そんな事ありませんよ。とってもお似合いだと思います」

「…………え？」

いつの間にか沈んでた顔が、つい上がる。

「本当ですか……？　私、こういうの初めてなんですけど……」

「勿論(もちろん)です。もしかして彼氏さんの為(ため)ですか？」

「あ、いや……彼氏さんというか……何というか……」

そうなれたらいいなあ、とは思ってるけど……多分向こうは私の事を意識してはくれてない。

……それを、今日これから変えるんだ。

「そんな感じ、です……！」

「ふふ、素敵ですね。それではサイズやデザインについて色々説明させて頂きたいのですがよろしいでしょうか？」

「お願いします！　あのっ、実はちょっと小さいサイズを探してて――」

「それではまずサイズを測ってしまいましょうか。あちらでお測りしますね」

「わ、分かりました！」

勢いで来ちゃった時はどうなる事かと思ったけど、今となっては勇気を出して良かったなと思う。店員さんの背中を追いかけながら、私の胸はどんどん高鳴っていく。

◆

明日の旅行に向けて、押し入れからキャリーケースを引っ張り出す。つるつるとした表面を指先でなぞると、僅かに埃が付着した。

「旅行、久しぶりだなあ。いつ以来だっけ」

声優になってから中々休みも取れなかったからなあ。声優のお友達と行こうとすると誰かしらスケジュールも合わない事が殆どで、旅行の計画は何度も立ったけど結局一度も纏まらなかったんだよね。お仕事が忙しいのは本当にありがたい事ではあるんだけど。

「しっかりしないとね。今回は私が最年長なんだし」

蒼馬くんと静ちゃんは二十歳だし、真冬ちゃんに至っては未成年だ。私が保護者代わりに皆を引っ張っていかなくちゃ。

「……まあ、何かあったら蒼馬くんが何とかしてくれそうな気もしちゃうのよねえ」

蒼馬くん、まだ二十歳なのに本当にしっかりしてるのよね……大学に行って、私達のご飯も作ってくれて。何か困った事があったら蒼馬くんに相談する雰囲気が自然と出来上がっている。今回の旅行でもきっと私達に何かあったらすぐに助けてくれるんだろう。

「……蒼馬くんにも羽を伸ばして貰いたいなあ」

普段お世話になってる分、ね。今回は私が蒼馬くんを楽しませてあげたい。

「…………楽しませる、かあ」

口にするのは簡単だけど、その為に何をしたらいいかはすっと浮かんでこない。思い返せば、いや思い返すまでもなく、このマンションに引っ越して来てから私は蒼馬くんに迷惑をかけてばかりだった。私が蒼馬くんにしてあげられた事といえば、この前のライブくらいな気がする。あの日は私もいっぱいいっぱいで、自分でも何をしているのかふんわりとしか理解していなかったけど、蒼馬くんを元気にしてあげられたのは本当に良かったな。

「……蒼馬くんって何をしてあげたら喜ぶんだろ」

蒼馬くんの事――私は何も知らない。

二人で飲む時も私ばかり喋ってしまって、例えば子供の頃の失敗だとか、高校生の頃は学級委員長をやっていた事とか、その他にも色々な事を私は喋ってきたけど、蒼馬くんがどういう子供だったのか、大学ではどんな感じなのか、私は全く知らないんだ。

唯一知っている事といえば……私を推してくれているって事だけ。目が合うだけで蒼馬くんは顔を真っ赤にしてくれて、それが可愛くて私はお酒が止まらなくなってしまうんだ。

「思い出したらお酒飲みたくなってきちゃったな……」

明日は旅行だから我慢しようと思ってたけど…………少しくらいなら大丈夫だよね。逆に飲まなかったせいで体調崩しちゃうかもしれないし。

「……よし、ちょっとだけ飲んじゃおうかな」

わたし、分かっちゃった。

も――――、完全に分かっちゃった。

蒼馬くんを楽しませるほうほう、それは――――。

「わたしがくっつけばいいん……だよね？」

うわ、うわわわわ。自分で言ったのに自分がびっくりしちゃったりして。

でも、そういう事だと思うんだ。わたしが出来る事って、多分それくらいしかなくて。

蒼馬くんがリラックス出来るのなら、ひ、膝枕だってしてあげちゃうんだから。

「てゆーか……本当にそんな感じになっちゃうかも……？」

だってさ、いっしょの部屋に泊まるんだもんね……？

静ちゃんと真冬ちゃんもいるけど、何があるか分からないし。二人っきりになれる瞬間は絶対あるはずで。

そしたら……ね。そういう事もあるかもしれないじゃない。

「わ、なに考えてるのわたし……」

酔ってるのかな。変な想像ばかりしてしまう。でも、最近はずっとこんな調子だ。一人でお酒を飲むとつい蒼馬くんの事を考えてしまっている。

「…………蒼馬くんの事、好きなんだなあ」

この独り言も、もう何度目か分からない。最初は弟みたいに思っていたのに、いつの間にか好きになっていた。

だからこうやって自分の気持ちを何度も再確認して、その度に嘘じゃないなって頷く。

「あーもー……歳の差がなければなぁ……」

もし同い年だったら変に遠慮する事なんてなかったのに。蒼馬くんは二十歳で、私は二十六歳。この六年は恐ろしい程に大きい。小学校すら被ってないんだから。子供の頃に流行ってたアニメやドラマ、曲だって全然違う。

私が子供の頃の思い出を話す時、蒼馬くんはたまに分からないような表情を浮かべる。

六年離れればそれだけ違うんだよね……。

「……負けたくないなぁ」

真冬ちゃんは蒼馬くんの事が好き。

静ちゃんだってそうだ。

二人は蒼馬くんと歳も近くて、蒼馬くんも二人と話す時はリラックスしているように感じる。それは私の時にはなくて。もし二人のどちらかと蒼馬くんが付き合うようになったら、きっと凄く上手くいくんだと思う。私だってそう思う。

でも、だからといって諦めたくない。幸いにも蒼馬くんは私の事を推してくれている。

勿論それは「好き」とは別の感情だと思う。でも、そんなに離れてないとも思う。

「推し」が「好き」に変わる事だって、きっとある。

それだけが、私の拠り所。

「……今日はもう一本飲んじゃおう、かな」

流石にそろそろ準備をしないと本格的にまずい。まだキャリーケースは殆ど空っぽのままだ。ビールでも飲みながらてきぱき進めてしまわないと。

「よし……やるぞ、わたし」

旅行なんて次いつ行けるか分からない。このチャンスは絶対逃せない。

気合と共に、私は勢いよくビールの栓を開けた。

◆

お邪魔虫が二人付いてきたのはいいけれど。

そこに関しては、私自身意外だなと思うくらいすんなり受け入れてはいるけれど。

それはそれとして、お兄ちゃんとの旅行を邪魔されたくはない気持ちは心の真ん中にしっかりと存在している。

だってその為に恥ずかしい思いをしてミスコンに出場したのだから。本当は二人で行けると思っていたのだから。少しはそう思うのも仕方ない。

「……ふう」

私はソファに腰を下ろすと、膝の上でノートパソコンを開く。

——今回の旅行、お兄ちゃんと二人きりになれるタイミングは多くないはず。少ないチャンスでしっかりと既成事実を作る為には、宿泊する宿や周辺施設の情報を完全にインプットしておく必要がある。

勝敗は戦う前に決している。孫子も言っていたわ。

「………旅館近くの海。やっぱりここかしらね」

海で泳ぐ事自体は静に却下されてしまったけれど、この距離ならふらっと旅館から抜けて行く事も出来るはず。

夜はひよりさんはお酒を飲んでいるだろうし、静は疲れて寝ているでしょう。お兄ちゃんを誘って二人で抜け出すには持ってこいね。

旅行という非日常、見慣れない浴衣姿、温泉で火照った身体を浚う潮風と波の音。理性の権化であるお兄ちゃんといえど、流石に本能が鎌首をもたげるはず。後は若い二人に任せて……。

「……完璧だわ。でも、あと何か所か二人きりポイントが欲しい所ね」

お兄ちゃんの奥手具合は身に染みている。なにせ添い寝しても襲われなかったのだ。私に興味がない訳ではないようだったから、そう考えればお兄ちゃんの理性は常軌を逸している。

あの頃の私は男なんて添い寝すればイチコロだと思っていた。浅はかだったわ。

でも今は違う。お兄ちゃんを誘惑するチャンスはいくらあっても足りない事を知っている。

「計画を立てようにも、そもそもプランがはっきりしてないのよね」

旅行先は海沿いの温泉地。私はしっかりと計画を練りたかったのだけれど、静やひよりさんが「ぶらぶら食べ歩きしたい」と一致団結したせいで基本的にノープランになってしまった。観光地だからそれでも充分楽しめるはずだけれど、虎視眈々とチャンスを窺う私からすれば少し不都合でもあった。そもそも二人とは性格が違う、というのもあると思うけれど。

「……本当に不思議だわ」

恐らく、お兄ちゃんと二人で行こうと思えば、行けた。

旅行券は私の物だ。いくらお兄ちゃんが願っても、私が首を縦に振らなければ二人の参加は絶対になかったのだ。静とひよりさんが参加する事になったのは、突き詰めれば私の意思、という事になる。

それが、本当に不思議だった。

ノートパソコンから顔を上げ、ソファから立ち上がる。カーテンの隙間から外を覗けば、綺麗な星空が私を出迎えた。

大学生には分不相応な高級マンションから見えるこの景色を、私は存外気に入っている。

その理由の一つに静とひよりさんの存在がある事は、流石に認めざるを得ないだろう。

「……最初はお兄ちゃんに纏わりつくお邪魔虫、くらいにしか思っていなかったのにね」

どうやら私は、自分でもびっくりするくらいには二人の事をそれなりに大切な友人だと思っているらしい。少なくとも一緒に旅行に行ってもいいかと思えるくらいには。お兄ちゃんとの恋路を少しくらいなら邪魔されてもいいかと思えるくらいには。

勿論(もちろん)、絶対に譲りはしないけれどね。

星空から視線を外す。リビングの隅には既に纏め終わったキャリーケースが置かれている。想定より早く準備が終わってしまったのは、お兄ちゃんの事を抜きにしても私がこの旅行を楽しみにしている事の表れだろうか。本当、同じ人を好きにならなければもっと仲良くなれたのに。

ソファに座り直して再びノートパソコンへ向かう。周辺のデートスポットを表示しているタブの隣にもう一つタブを追加して、私は「女子会」と打ち込んだ。

二章　出発前のひと仕事

いつもより少しだけ遅い目覚ましに起こされ、俺は目を覚ました。

「………ついに来たか、この日が」

寝起きだというのに既に心臓が高鳴っている。あの三人と旅行だというのだからそりゃそうなるよという話で、正直昨日もいつ寝付いたのか分からないくらいにはそわそわしていた。

でもどうやらそれは俺だけじゃないみたいで、いつもは蒼馬会の後もぐだぐだと誰かしらリビングで寛いでいるんだが、昨日に限っては皆そそくさと自分の家に帰っていった。旅行の準備もあったんだろうけど、それだけじゃない気がしたんだよな。

「旅館の部屋が別だったら、まだこんなにドキドキはしないんだけどな……」

正直その事で頭が一杯過ぎて旅行を楽しめる自信がない。三人と一緒の部屋で寝るなんて考えただけで頭が変になりそうだった。正確には真冬ちゃんは偶に起きたら隣にいるんだけれどもね。でも何回やられてもドキッとするんだ、あれは。真冬ちゃんは寝る時薄着だし特に。

「いや、まあ……うん。楽しみか楽しみじゃないかといえば、そりゃめちゃくちゃ楽しみなんだけどね」

皆で旅行なんて絶対楽しいに決まってる。旅館の件についてだって俺が変な事を言ったりやっちゃったりしないかが不安なだけで、一人の男としては嫌だなんて口が裂けても言えない。まあ心労は凄そうだけども。本当に頑張ってくれよ今夜の俺。

「とりあえずコーヒーでも飲んで落ち着くか」

目覚ましは早めに設定していたからまだ出発までは大分余裕がある。朝に弱い静あたりはそろそろ起こしにかかりたい所だけど、その前に朝の一服だ。

ケトルで素早くお湯を沸かし、コーヒーのドリップバッグを張ったマグカップにゆっくりと注ぐ。香ばしい香りが湯気と共に立ち上がってきて、鼓動が少しずつ落ち着いていく。やっぱりコーヒーの匂いはホッとするな。

マグカップを持ってリビングへ。もう一人ではその広さに耐えられそうにない大きなテーブルに腰かけ、ゆっくりと大きく呼吸をする。こういう朝のまったりした時間が俺は好きだった。

「…………そういや静が引っ越して来た日もこんな感じだったっけ」

今でもはっきりと覚えている。あの日もこうやって熱いコーヒーを啜りながらエッテ様の動画を観ていたんだ。空き家のはずの隣がうるさくて、それで引っ越しに気が付いたんだよな。まさか引っ越して来たのがそのエッテ様だなんてあの時の俺は想像もしなかったけど。

静が引っ越してきて、一人だったうちの階は二人になった。すぐにひよりんが来て三人になり、真冬ちゃんで四人に。あの頃に比べて俺の生活は見違えるほど騒がしくなった。見違えるほど楽しくなった。四人掛けのテーブルが埋まる日を迎えるなんて、俺は思っていなかったんだ。

――あの日からまだ数か月しか経っていない。季節で言えば春から夏になっただけだ。画面越しに「推し」を眺めていた俺は、今日「推し」と旅行に行く。子供の頃、妹のように思っていた真冬ちゃんだって一緒だ。こんなの誰が予想出来ようか。夢だってもう少し現実味があると思う。

コーヒーの苦みが口の中に広がる。眠気を追い出すようにコーヒーを口の中で回していると、不意にリビングのドアが開いた。合鍵を奪われた今、俺にプライベートというものはない。

「お兄ちゃん。起きてたんだ」

下着にシャツ一枚という、いつも通りの服装の真冬ちゃんが目を擦りながら入ってくる。すらっと伸びた健康的な生足から目を逸らしながら、俺はおはようを告げた。格好の事を突っ込むのはとうの昔にやめた。

「真冬ちゃんもコーヒー飲む？」

言いながら立ち上がる。答えはいつも同じだから。

「うん。ありがとうお兄ちゃん」

「いえいえ、どういたしまして」

いつものやり取りをしながらキッチンへ向かう。多めに沸かしておいて正解だったな。

「随分早いね。私が起こしてあげようと思ってたのに」

椅子に横向きに座り、長い脚を見せつけるようにぷらぷらと揺らしながら、真冬ちゃんが小さく頬を膨らませる。

「俺も皆を起こしてあげようと思ってたんだよ。真冬ちゃんは心配いらないだろうけどさ」

静はアレだし、ひよりんも夜遅くまでお酒を飲んでる可能性があるからな。

マグカップを真冬ちゃんの前に置いて、そのまま向かいに腰を降ろす。二本の湯気が俺たちの間でゆらゆらと立ち昇る。

「私は別に二人が寝坊してもいいんだけど。元々は私達だけで行く予定だったしね」

わざとらしい挑発的な視線が湯気を貫き、俺に突き刺さる。さっきまでしみじみと過去を振り返っていたからか、頭の中には子供だった頃の可愛いまふゆちゃんが浮かんできて、

「人はこんなにも成長するものなんだなあ」と改めて驚かされる。いや、今もめちゃくちゃ可愛いんだけどね。可愛いのベクトルが違うというか。

「そんな事言って、本当に二人が寝坊しそうになったら起こしに行く気がするんだけどなあ」

真冬ちゃんは周りからは冷たい人間だと思われがちだけど、本当は凄く友達想いな子だ

と俺は知っている。誤解が解ければもっと友人に囲まれた生活を送れると思うんだが、どうも真冬ちゃん本人はそれを望んでいないみたいだった。

友達想いだけど、同時に人間嫌いでもあるというのが真冬ちゃんの正体だ。


真冬ちゃんとまったりとコーヒータイムを過ごし、しばらくしても静とひよりんからルインの返事はなかった。女の子は準備に色々時間が掛かるというし、そろそろ起きた方がいいような時間になっている。現に真冬ちゃんは今さっき「そろそろ準備しなきゃ」と自分の家に帰ってしまった。

「既読も付かないし……起こしに行くしかないかこりゃ」

何故かは分からないが、うちの玄関には全員分の合鍵が置いてある。半ば強引に押し付けられたそれは、緊急時を除いて使う事などあってはいけないと心に決めているんだが、女性にとって朝の準備というのはまさに緊急事態なんじゃないだろうか。旅行の朝となればなおさらだ。

……迷っている時間も惜しいし、結局の所起こしに行く他ない。

俺は鍵を二本ひっつかむと、深呼吸なのか溜息なのか分からない物を吐きながらエントランスに出た。勢いのまま静の家のドアまで行き、一応ノックしてみる。

「静ー？　起きてるかー？」

起きていない事は分かっているけど、一応声を掛けておかないと精神衛生上良くない。

いきなり家に入ったら半裸の静が着替えていて——なんていうラブコメ的ハプニングはフィクションだから面白いのであって、実際に起こってしまえばひたすらに頭を床に擦りつけるしかないからだ。

「入るからなー？」

一応許可は取りましたよ、とばかりに声を掛けながら家に入る。玄関を抜けリビングに入ると、カーテン越しの柔らかな光に照らされたキャリーケースが一つだけポツンと中央に鎮座していた。その付近には入りきらなかったとみられる衣類が散乱していて（わざわざ畳んで収納しているのに、どうしてぐしゃぐしゃにしてしまうのか）俺は無意識にそれらを畳み直してしまう。きっとこうやって甘やかすから良くないんだろうな。

「静、起きてるか？」

寝室へ続くドアの向こうでもう一度声を掛ける。ここで起きてくれれば一番いいんだが反応はない。試しにルインを送ってみると、部屋の向こうからは何の音もしなかった。残念ながらマナーモードにしているらしい。

「入るからなー？」

静の家は今でも俺が定期的に掃除している。だから家に来る事自体は何の緊張もないんだが、流石に状況が違い過ぎた。女の子がベッドで寝ている姿は、それだけ特別な魅力があると思う。たとえ部屋がめちゃくちゃに汚かったとしてもだ。

「……失礼しまーす」

起こすために来ているのに、何故俺は小声になっているんだろう。

結論から言えば、静はすやすや寝ていた。

すやすやというのは寝息の事だったんだ、とそこで初めて気がつくくらいには健康的で規則正しい寝息をたてていて、全く起きる気配がない。頬の緩み切ったその寝顔があまりに幸せそうで、俺は自らの使命を忘れ、少しの間その寝顔を眺めていた。

……魔が差す、という言葉を俺は今まであまり好意的に捉えていなかった。魔が差してつい万引きしてしまった。つい浮気してしまった。そういう言葉をテレビで聞く度に、犯人は自分ではない何かのせいにして逃げているように思えて、嫌な気持ちになった。

今、この瞬間までは。

俺の右手の人差し指が、いつの間にか、本当にいつの間にか静の頬に伸びていて、指の腹あたりまでマシュマロみたいに柔らかい感触に包まれたところで、自分が何をやっているのかに気が付いた。

「…………っ」

慌てて指を引っ込める。それと同時に、「んが……？」と聞きなれない声を発しながら静が目を覚ました。

「ふわあ……ねっむ……」

先手を取った方がいいと本能が告げていた。俺は慌てて手を後ろに隠し、極めて怪しく

ない雰囲気を装いながら声を張った。

「お、おはよう静！　起こしに来たぞ」

「んん……？　そーまくん……？」

幸いにも静は俺が頬をつついてしまった事に気が付いていないようで、夢と現実の狭間で目を擦っていた。

「ルインに既読付かないから起こしに来たんだよ。もう八時だけど大丈夫か？」

俺が時刻を告げると、静は「ええっ!?」と声をあげてベッドから上半身を起こした。

「うそっ、私七時半に目覚まし掛けたのに！」

静は慌ててスマホを確認し、「んあー」と情けない声をあげて再びベッドに倒れ込んだ。

「オンにするの忘れてた……危うく遅刻するとこだったよ……」

「危ない所だったな」

まさか本当に寝坊しかけていたとは。

「ホントだよー……ありがとね蒼馬くん」

「気にするなって。それより準備しなくていいのか？」

「そうだった！　集合って九時だっけ？」

「九時に下で集合。じゃあ俺は行くからな」

「うん！　また後でね？」

「ああ、また後で」

軽く手を振りながら俺は寝室を後にした。静に触れた指先が、壊れてしまったように熱を持っている。

最近、薄っすらと思っていた事ではあるんだが。

もしかすると――――俺は「推し」の趣味が悪いのかもしれない。

「……わお」

「これは酷いな……」

ひよりんの家のリビング。そこには、静の部屋とはまた違う惨状が広がっていた。

酒。

酒。

酒酒酒。

テーブルの上にはビールの空き缶がいくつも転がっていて、きちんと立てて置かないから床にもその勢力を広げている。拾い上げて確認してみるとまだ縁には雫が残っていて、近日中に空けられたものだと分かる。ひよりんは一応掃除はしっかりとするはずだから、だとするとこれら全てが昨日空けられたという事になるんだが……。

酷いのはそれだけではない。リビングの中央には静と同じようにキャリーケースが置かれているんだが、なんと口が閉まっていない。それどころか「今まさに準備しているところですよ」と言わんばかりに床にべったりと広げられていて、心の中で謝りつつ中に視線をやると、まだ衣類くらいしか入っていないようだった。

「一泊だしそんなに持ってく物もないと思うけど……流石にこれはまだ途中だよな……？」

これじゃ俺と変わらない。男の旅は着替えと充電ケーブルさえあれば問題ないけど、女性もそうなのか？

そんな事はないだろう。

俺は急いで寝室のドアを開ける。開けて——全てを察した。

そこには倒れ込むようにベッドにうつ伏せになっているひよりんの姿があった。そしてベッドの際のちょっとしたスペースにはビールの缶が一つだけ載っている。持ち上げてみると、中身が半分程入っていた。恐らくこれを飲んでいる最中に寝落ちしてしまったんだろう。

「ひよりさん、起きて下さい。そろそろ起きないとヤバいですよ」

速やかに起こさないとマズいので初手から身体を揺さぶってみる。こんな体勢で寝ていて大丈夫なんだろうか。特にひよりんは色々圧迫されそうな気がするが。

「ん……んん……？」

ひよりんが目を覚まし、ぼーっとした表情で起き上がる。ゆっくりとした動作で部屋を見回し——はっきりと目が合った。まだ夢の中にいるような緩んだ顔で、まじまじと俺の顔を眺めてくる。

「あれ……そーまくん……？　おはよお？」

こてっ、と頭を斜めにしながら、ひよりんは微笑んだ。不意をつかれ心臓がドクンと跳ねる。ひよりんがこれまでどんな人生を送っていたのか知らないけど、間違いなく数多の男を知らないうちに恋に落としていたに違いない。この人は何というか……質が悪いんだ。

「わぷっ!?」

おはようを返そうとした所で視界がブラックアウトする。後頭部に何かが巻き付く感触と、顔を覆う柔らかい温もりに、何が起きたかを理解する。

「んー！　んんーっ！」

――思い切り抱き締められていた。まるでお気に入りのぬいぐるみを抱きかかえるように、俺の顔はひよりんの胸に思い切り押し付けられている。息苦しさから呼吸をすれば、甘いともまた違う、本能を刺激するいい匂いが肺を満たして頭がくらくらした。

「そーまくんはきょうもかわいいわねえ」

ひよりんは俺を抱き締めながら再び横になってしまい、俺はプロレス技をかけられたようにベッドに転がる。完全に寝ぼけていた。

「んんんんー！　んんんんんー！」

ひよりさん、起きて下さいって！

俺の叫びは「ん」に変換され、ひよりんの胸を僅かに震わせる。自分の声の振動がひよりんを通じて自分の頬で感じられた。

「くすぐったいわよお、もう」

ひよりんは俺という抱き枕を手に入れ、再び眠りにつこうとしていた。今やひよりんと一心同体になった俺には何故だかそれが伝わってきた。それだけは避けなければならないし、それ以前にこのままでは窒息する。女性の胸の中で死ぬというのは、恐らく男の死に方としては最も幸せなものの内の一つだとは思うけど、俺はまだ死にたくない。

俺はひよりんの背中を何度もタップした。プロレスならそれは降参の合図だけど、ひよりんがプロレスを知っているかは謎だったし、これはプロレスではない。

「ん、んん………？」

今までとは毛色の違う声が頭上から聞こえた。戸惑ったような声色は、恐らく覚醒の合図。起きてくれて良かったと心から思ったし、これから起こりうる事柄を考えると溜息が出そうだった。息が苦しくて溜息は出なかったけど、その代わりに叫び声が聞こえた。

「ほんっと――――にごめんなさい！　私寝ぼけてて……！」

ひよりんががばっと頭を下げる。ピンクベージュの髪がぶわっと舞い、朝日を反射して煌（きら）めいた。

「いや、本当に大丈夫ですから。顔を上げて下さい」

定型文のように言ったけど、出来ればもう少しそのままでいて欲しかった。今ひよりんの顔を見ると色々とまずい気がした。

「………もうすこしこのままでいる」

　消え入るようなひよりんの声に、俺はハッとした。俺が今めちゃくちゃ恥ずかしいように、ひよりんだって恥ずかしいんだ。いや、恥ずかしさで言えば俺より上かもしれない。寝ぼけて隣人を抱き締めてしまったんだから。

「……分かりました。じゃあ俺は行きますね。元々、ひよりさんを起こしに来ただけだったので。えっと、あと一時間くらいで集合なので気を付けて下さい。準備も終わってないようだったので……」

「えっ!?」

　さっきの台詞はどこへいったのか、ひよりんは驚いた様子で顔を上げた。

「私、準備終わらせてなかったかしら!?」

「リビングでちょっと見ちゃったんですけど、キャリーケース開きっぱでした。多分途中で寝ちゃったんだと思います」

　ひよりんは俺の言葉が終わるのを待たず、ベッドから降りるとリビングへ駆け出した。振り向くと同時に「うわあ……」という声が聞こえてくる。頭を抱えている姿が容易に想像出来た。

　リビングへ向かうと、想像通りにひよりんはキャリーケースのそばでくずおれていた。本来なら「大人なんだからしっかりして下さいよ」と不満の一つでも抱くべきなのかもしれないけど、俺はそんなひよりんがとても好ましく感じた。

ひよりんは酒癖は良くないし、朝も弱いし、イメージと違っておっちょこちょいだけど、何より俺の「推し」なんだ。

「えっと、何か手伝える事あります……?」

「ううん……大丈夫……ありがとう……」

俺に出来る事は、恐らく速やかにこの場を去る事だけだろう。俺はひよりんに少しくらいなら遅れても大丈夫な事を告げると、リビングから出た。出る直前に一瞬振り返るとひよりんはまだ項垂(うなだ)れたままだった。流石にやらかしてしまったと反省しているのかもしれない。

出発までに元気を取り戻していればいいな、と願いながら俺は玄関のドアを閉めた。

「ごめん、お待たせ！」

慌てたような声が一階のエントランスに響く。

意外にも、最後にやってきたのは静だった。ばたばたと靴音を立てながらこちらに走ってくる。静は俺達の前で急ブレーキを踏むと、扱いに慣れていないのか、勢い余ったキャリーケースに追突され、たたらを踏んだ。

そんな静を、キャリーケースの縁に腰を降ろしている真冬ちゃんがいつもの冷ややかな視線で刺す。ひよりんは二人を見て柔らかな笑みを浮かべた。さっき少し話した感じでは、ひよりんは元気を取り戻していた。

時計を確認すると、まだギリギリ九時になっていない。まずは全員無事に集合出来た事に胸を撫でおろす。朝の様子では誰かしら遅れるだろうなと思っていた。

「よし、全員揃ったし、行くか！」

「おー！」

静の元気な声を合図に、俺達は外に出た。真夏の太陽は既に迷惑なくらい活動を始めていて、じりじりと焼けるような熱気が肌を刺す。

「皆、日焼け止めは塗った？」

日差しを手で遮りながら、ひよりんが言う。

「私は塗りました」

毎日のように大学へ通っているのに、真冬ちゃんの肌は雪のように白い。恐らくケアを欠かしていないんだろう。

「あ、忘れてた！　どうしよう、焼けちゃうかな」

慌てた様子で二の腕を擦る静の肌も、また白い。こちらは恐らく殆ど外に出ていないからだ。

「私のを貸してあげるわ。新幹線に乗ったら塗りましょう？」

「助かります！」

静が両手を合わせてひよりんを拝む。

「蒼馬くんは？」

「俺は大丈夫です。さっき塗りましたから」

普段は塗ってないんだが、真冬ちゃんが「塗った方が良い」と言うから貸して貰った。保湿効果もあるらしく、俺の腕はいつもより少しだけもちもちしている。

「流石蒼馬くん、しっかりしてるわね」

朝にちょっとしたハプニングがあったものの、俺とひよりんはギリギリいつも通りのやりとりが出来ていた。恐らくお互い心の中にはまだ恥ずかしさが残っているけど、多分、すぐになくなるだろう。

「ひよりさん、いつもよりお姉さんみたいだね」

真冬ちゃんが俺にだけ聞こえるような声量で呟く。

「言われてみれば確かに」

パッと見、今のひよりんと静はしっかり者の姉とおっちょこちょいの妹、という組み合わせに見えなくもない。「推し」が姉妹とは何と贅沢な。心の中で拝んでおく。

「お酒を飲んでない時はしっかりしてるよね。流石芸能人っていうか」

「そうかなあ？」と思ったけど、口に出さなかった。俺と真冬ちゃんとではひよりんに対する印象が違うだろうし、それを説明する事によって真冬ちゃんが幻滅する事は避けたかった。例えば今朝寝ぼけて抱き締められた事なんかを。

「確かに、生放送のひよりんは別人みたいだよな」

「ね。私はあんなに堂々とするのは無理だな」

「そうかな？　ミスコンの時は堂々としてたと思うけど」

何たって、企画の「告白タイム」の相手の変更を要求するくらいだ。あれは本当にびっくりした。

「あのね、お兄ちゃん」

視線を合わさず、足を止めず、俺達は会話を続ける。大通りを走る車の音と、キャリーケースのガラガラという音が混ざって、後ろで話している静とひよりんの声はよく聞こえない。大通り沿いにいるのに、ひそひそ話をしているみたいだった。

「あれ、結構恥ずかしかったんだよ？　メイド服だって、聞いてたよりずっと派手だったし。お兄ちゃんの為に頑張ったんだから」

いつもの淡々とした声で、真冬ちゃんは言う。

「だから――――旅行、楽しませてよね？」

横目で真冬ちゃんの方を見ると、真冬ちゃんも同じように俺の事を見つめていて、空中で視線がぶつかった。

「分かった。精一杯頑張るよ。そういう約束だったしね」

「うん、期待してる」

元々、優勝したら二人で旅行に行く、という条件で真冬ちゃんはミスコンに出場した。しかしその約束は半ば反故になってしまった。事情を鑑みれば、俺には真冬ちゃんを楽しませる義務がある。

けれど、そんな事情など関係なく、俺は真冬ちゃんを楽しませたかった。真冬ちゃんが笑っていると、俺も楽しいからだ。真冬ちゃんといると、何となく新鮮なような、昔を思い出すような、不思議な気持ちになる。その名前の分からない感情が、俺は心地好かった。

俺たちは最寄り駅から少し電車に乗り、大きな駅でそれぞれ思い思いの駅弁を購入すると新幹線に乗った。一時間ほどで乗り換える予定だから食べなくてもいいんじゃないかと思ったけど、静が「駅弁食べてみたい！　旅行の醍醐味！」と騒ぎ、真冬ちゃんもそれに同意した。聞けば、二人とも新幹線に乗るのは初めてらしい。

二人、二人で向かい合う席に座った俺達は、乗り込むと早速駅弁を食べる事にした。意識したわけではないと思うけど、自然と蒼馬会と同じ並びになっていた。隣に真冬ちゃん、向かいにひよりんが座っている。

「うおおお、美味しそー！」

静が購入したのはうにといくらがこれでもかとばかりに載った「うにいくら丼」で、店のポップによるとどうやら人気ナンバーワンらしい。俺も食べてみたかったけど二千円という値段に思わず退散した。

俺と真冬ちゃんは駅弁と言えばこれ、というような押し寿司を買い、ひよりんはサンドイッチを買っていた。サンドイッチの駅弁があるなんて知らなかったな。仕事で関西に行く時にたまに食べるらしい。

「じゃあ……頂きます」

手を合わせて、押し寿司を口に運ぶ。昆布の旨味とお酢の独特の酸味が口の中に広がり、俺は「当たり」を確信した。

「これ美味しいね、蒼馬くん」

真冬ちゃんも俺と同じ感想を持ったらしい。

「うん。これにして正解だったな」

「私のもめちゃくちゃ美味しいよ！」

　静がテンション高めに割り込んでくる。ひよりんは食べ慣れているから驚きはないようだったけど、「うんうん」と小さく頷いていた。何度も食べているという事は好きな味なんだろうな。

「そりゃあ静のは絶対美味いだろ」

　うにといくらがキラキラと輝いている。弁当でこの新鮮さは一体どうやって出しているんだろうか。何か凄い技術が使われているに違いない。

　俺はふと、真冬ちゃん越しに窓の外に視線をやる。高速で流れていく景色はまだ全然東京って感じだったけど、それでもいつもとは何か違う感じがした。その理由はきっと、隣や前に皆がいるからだし、駅弁を食べているという事もあるんだと思う。これから旅行に行くんだなという実感が、駅弁を食べる事で湧いてきたというか。提案してくれた静と真冬ちゃんに感謝だな。

　それから俺は、ひよりんのサンドイッチと押し寿司を一つ交換したり、サンドイッチには箸がついていなかったから俺がひよりんに押し寿司をあーんする事になったり、それを見た真冬ちゃんに思い切り太腿をつねられたり、静にいくら一粒と押し寿司一つの交換という不平等トレードを押し付けられたりしながら駅弁を平らげた。

　用意していたごみ袋に皆の駅弁を回収していると、静が立ちあがり、上のスペースに収納したキャリーケースを漁り出す。戻ってきた静の手にはビニールで包装された小さな紙の箱が握られていた。大きなスペードが描かれたその箱を見たのは高校時代振りだった。

「ねえねえ、トランプやらない？　昨日買ってきたんだよね」

そう言って、静は勢いよくビニールを破り始めた。慣れない手つきでカードを取り出し、シャッフルする。

「トランプ？　何するの？」

意外にも真冬ちゃんが食いついた。いつもなら「やらない」と一刀両断しそうなものだけど、今日は違うらしい。

「大富豪はルールがまちまちだからなあ……「7送り」とか「10捨て」あった？」

懐かしいワードのオンパレードに、心に懐かしい気持ちが湧いてくる。

「あったあった。因みにスタートは何からだった？」

「私のとこはスペ3からだったよ」

「え、ハートの3からでしょ？　そうだよね蒼馬くん」

「だなあ。んで、スペ3がジョーカー返し」

「うわー、逆だ。どっちがメジャーなんだろ」

「私、大富豪はあまりやった事がないのよね……あ、でもババ抜きなら知ってるわよ？」

ひよりんが困ったように言う。

「ルールも違うみたいだし、じゃあババ抜きにしますか」

おっけー、と静がトランプを配り始める。皆、自分の前に積まれていくカードに視線を落としていた。ババ抜きは四人だとかなりの短期戦になるからな、初手でどれだけカードを減らせるかが重要だ。

「配り終わりっ、やるぞー」

静の声を皮切りに、俺達は手札に手を伸ばす。とりあえずジョーカーはない。ペアになるカードを場に出していき——俺の手札は運良く三枚まで減った。視線を走らせると、左に座る真冬ちゃんが七枚、対面のひよりんが八枚、はす向かいの静が五枚だった。俺が一番少なく、有利だ。

全員がカードを出し終わった所で、静が首を傾げた。

「ババ抜きって誰から始めるんだっけ？」

「俺はいつも適当にやってたな」

「私も知らないわねえ」

「調べたら、親の左隣の人から時計回りらしいけれど。親って誰なのかしら」

真冬ちゃんがスマホから顔を上げながら言う。誰も言うべき言葉が見つからない。

「そうだなあ……」

深く考えずに最年長のひよりんでいい気がしたけど、言うべきではない気もした。ひよりんは自分だけ歳が離れている事を気にしている節がある。

「トランプ持ってきてくれた静でいいんじゃないか？」

特にそれで何かが有利になる訳でもないので、反対意見は出なかった。というか、そもそも目的は暇つぶしなんだから勝敗なんてどうでも良かった。

「じゃあ……私からね。時計回りっていう事は、蒼馬くんから引けばいいのよね？」

「そうですね。どうぞ」

隣の真冬ちゃんから見えないように左手でガードしながら、ひよりんに手札を差し出す。ジョーカーはないから俺としては何を引かれても一緒だ。ひよりんは真ん中のカードを抜き取ると、嬉しそうに二枚のカードを場に捨てた。どうやら当たりを引いたらしい。

「次は俺の番だな」

真冬ちゃんの方を向き——真冬ちゃんが早速仕掛けて来ていた。真冬ちゃんの持つ七枚の手札、その内一枚だけが、まるで引いてくれと言わんばかりに不自然に飛び出している。

「どうぞ？」

無表情の真冬ちゃんからは、何の感情も読み取る事が出来ない。

「真冬ちゃん、これ、ジョーカー？　引こうと思ってるんだけど」

「さあ、どうかしら」

常日頃からポーカーフェイスを貫いている真冬ちゃんにとってこれくらいの揺さぶりは問題にならないのか、視線すら泳がない。

「…………」

無言のやり取りを繰り広げる俺達。何度も手札と真冬ちゃんの間で視線を彷徨わせるも、有益なヒントは得られない。

　俺は諦めて飛び出した手札――ではなく一番端のカードを抜いた。

「よしっ」

　カードはハートの6。そして、手札にはスペードの6があった。場に捨てて、手札は残り一枚。次の周でこれをひよりんが引くから、早くも抜けが確定した。

「引いてくれるって言ったのに……蒼馬くんの嘘つき」

「ブラフかどうか分からなかったからね。単純に確率でいったんだ」

　仮に真冬ちゃんがジョーカーを持っていた場合、飛び出したカードがジョーカーの可能性は高い。仮にブラフかどうか半々だとしても五十パーセントでジョーカーという事になる。だが、その他のカードを引けば、読み負けてもジョーカーを引く確率は六分の一だ。

「蒼馬くんなら私の気持ちに気が付いてくれると思ったのに」

　内容の割に淡々とした言い草で、真冬ちゃんは静に視線を移した。勝ち確定なので真冬ちゃんの手札を覗いてみると、やはりジョーカーがあった。あの飛び出したカードを引いていたらどうなっていたのやら。

「真冬、あんたジョーカー持ってるでしょ」

　静はまるで事件の真相を摑んだ名探偵のようなしたり顔で、真冬ちゃんを待ち構えていた。あんな駆け引きをしていれば流石にバレるか。

「持っていないわ。静こそ持ってるんじゃないの」

「いやいや、私じゃないよ!?　あれ、違うのかな……？」

名探偵は弱かった。慌てて探るような視線を隣のひよりんに向ける。

「ひよりさんか……？」

「ええっ、私っ？　持ってないわよ？」

「あれ？　どゆ事だ？　やっぱり真冬……？」

静の視線が再び真冬ちゃんへ。それと同時に、真冬ちゃんが静の手札から一枚抜いた。

「………ちっ」

真冬ちゃんの引いたカードはペアにならないカードだった。ジョーカーを持っている人は、一枚でも手札を減らしてジョーカーを引かせる確率を上げたいからな。まだ序盤だけど、かなりピンチだ。

「やっと私の番か……！」

静とひよりんの闘いが始まった。どうやら静は最終的にひよりんをジョーカーの所持者と判断したようで、あっちのカードを引こうとしてみたり、こっちのカードを引こうとしてみたりと揺さぶりながらひよりんの表情を確認していたが、ジョーカーを持っていないひよりんは何か微笑ましいものでも見ているかのような笑みで静を眺めていた。

「うぬー、分からん！　もうテキトー！」

静が勢いよくカードを抜いた。

「よしゃ！　あと三枚！」

どうやらペアになったらしい。自慢するように手札をアピールしてるけど、俺はあと一枚なんだよな。

「じゃあ私ね……あれ、蒼馬くん」

俺の手札を見たひよりさんが気がついた。

「そうですね。これで上がりです」

手札をひよりさんに手渡す。うそ、と静が声をあげた。俺の手札枚数に気が付いていなかったらしい。

「一位取られちゃったかあ……でもやった、ペアになったわ」

ひよりんがペアを場に捨てる。これで手札は静が三枚、真冬ちゃんが七枚（ジョーカー入り）、ひよりんが五枚。

普通に考えたら真冬ちゃんが負けそうだが、果たしてどうなるか。

「ぐぬぬぬぬ……！　どっちだ……!?」

静の手が、真冬ちゃんの二枚のカードの間でゆらゆらと揺れ動く。

勝負は意外な形で決着を迎えようとしていた。真冬ちゃんが残っているのは予想通りだったけど、何と二位抜けしたのは手札の少なさをアピールしていた静ではなく、ひよりんだった。今は静と真冬ちゃんの直接対決で、手札は2対1。静はここでジョーカーを引かなければ上がりだ。

「静、ジョーカーを教えてあげる。私から見て右よ」

「絶対嘘だ！　いや、その裏をかいて、か……？」

実際の所、真冬ちゃんの言葉は真実だった。どういう駆け引きをしているかは分からないが、真冬ちゃんは正しいジョーカーの位置を静に伝えていた。

「裏の裏……いや、裏の裏の裏……？」

「何でもいいから早く引いてよね」

真冬ちゃんが急かすように手札を突き出す。いつの間にか追い詰められていた静は、苦し紛れに右のカードを引いた。真冬ちゃんの言葉を信じなかったのだ。

「ぐおおおおおおっ……！」

「だから言ったじゃない、右だって」

大ピンチを乗り切った直後だというのに、真冬ちゃんの表情は涼し気だ。初めからこうなる事が分かっていたような。

結局の所、心理戦で静が真冬ちゃんに勝てる訳もなく、返しのターンで真冬ちゃんはあっさりと勝利した。静が「ふふん、こっちを引いてみ――」と言ったところで即逆を引いた真冬ちゃんは凄かったな。

静は敗北の屈辱に頭を抱えていたが、やがて立ち直るととんでもない事を言い出した。

「もっかいやろ！　次は罰ゲームありで！」

大ピンチだ。

俺の手札は二枚、ひよりんは一枚。さっきの立場で言えば俺が真冬ちゃんでひよりんが静だ。手札のジョーカーを引かせなければ、俺の負けが確定する。

だが、唯一の救いは相手がひよりんだという事だ。こう言っては何だがひよりんはそういう駆け引きがあまり得意ではないような気がする。これで相手が真冬ちゃんだったら、俺は間違いなく負けていただろうな。

「ひよりさん、勝負です」

とは言ったものの、別に俺だって駆け引きは上手(うま)くないんだよな。変に策に溺れるよりは、純粋な二分の一で勝負した方が良い気もする。素直に二枚の手札を差し出す事にした。

「うーん……どっちかしらねえ」

ひよりんは迷いながらも、俺から見て右の手札をゆっくりと摘(つ)まんだ。何かヒントがあったというよりは、とりあえずという感じの手つき。

「そっちにするんですか?」

俺は努めて平静な声で問いかける。今摑まれているのは数字のカード。そのまま引かれてしまったら俺の負け。だからこそ、ここで焦りを出す訳にはいかなかった。

「迷ってるのよねえ。蒼馬くん、これ、ジョーカー?」

ひよりさんの探るような目つき。「推し」に見つめられ、身体(からだ)が反応するのを必死に堪(こら)えた。

「そうですね、ジョーカーです」

特に考えがあった訳ではないが、反射的に嘘をついた。どうなるか全く予想が付かない。

「そっかあ、ジョーカーなんだ――――『ねえ、本当？』」

――――不意に。

不意に「声優・八住ひより」が目の前に現れ、上目遣いに俺を見つめていた。

何が変わったのか分からない。だが、確実にいつものひよりんとは何かが違っていた。大きなライブ会場のステージでスポットライトを浴びている憧れの存在が、鼻先がくっついてしまいそうな距離で俺を見つめていて、大きな瞳に俺は吸い込まれそうになる。おまけに凄く良い匂いもした。

「あ、いや、」

表情筋が暴れ出しそうだった。俺はそれを必死に押しとどめる。一体この筋肉たちは何がしたいのだろう。動きを予想してみると、恐らく俺はにやけようとしていた。ピクピクと痙攣するこの表情筋たちを解き放ったら、俺は物凄く気持ち悪い顔になるだろう。

憧れの「推し」の圧倒的な圧に耐えきれず、俺は目を逸らした。一日に摂取可能な「尊さ」を完全に振り切っていた。薬も多すぎれば毒になる。そして、俺の手の中から一枚のカードが引き抜かれた。

「ふふ、目を逸らしたわね。嘘をついている人は目を逸らすものなの――ほら、ジョーカーじゃなかったでしょう？」

ひよりんが、得意げに胸を張って最後の手札を場に捨てる。俺はもうババ抜きどころではなく、必死に鼓動を落ち着ける事に必死だった。

「そ、そうですね……負けました」

実際の所、俺が目を逸らしてしまったのはひよりんがあまりにも可愛すぎたからで、嘘をついていたからではなかったんだが、綺麗に嚙み合ってしまった。結果的にあそこで嘘をついていなかったら勝っていたのかと思うと、やはり嘘をつくのは良くないという結論に落ち着く。

「ふっふっふ……ふーふっふっふ。蒼馬くん、負けてしまったね」

悪の結社みたいな笑い声をあげながら、静が声に負けず劣らずの悪そうな笑顔をこちらに向けてくる。因みに、今回のゲームは静が一位で抜けていた。

「私は言ったよね……今回負けた人には罰ゲームがあると」

「…………そうだな」

だから負けたくなかった。静の事だ、とんでもない無茶振りをしてきかねない。激辛ポヤングとかは勘弁願いたい所だが……。

「それでは罰ゲームを発表します。罰ゲームは――――『ビリの人は一位の人のお願いを何でも一つだけ聞く』です！」

「…………は？」

「ちょっと静、それは――」

「うるさいうるさい、これは決定事項なんだから。とにかく、蒼馬くんは私のお願いを何でも一つだけ聞かなきゃいけないからね。はい決まり！」

話は終わりよ、とばかりに静は窓の外に目を向け――――。

「わ、海！　ねえねえ海が見える！」

静の言葉に、皆一斉に窓の外に視線をやる。

「おお……凄いな」

「綺麗ねえ」

「…………」

そこには、宝石のように煌めく青い海が広がっていた。東京でも海は見られるけど、全く別物だった。東京の海は何というか灰色で、色彩がない。

「……なんか私、めっちゃ楽しみになってきた」

静がポツリと呟く。

「今までは楽しみじゃなかったのか？」

「楽しみだったけど、旅行って実感が湧いてきたの」

「……まあな」

つい景色に没頭してしまい、言葉が継げない。それは皆も同じだった。暫くの間、俺達は無言で窓に顔を寄せ合っていた。

　何度か電車を乗り継いで、俺達は目的の温泉街へやってきた。ホームしかないこぢんまりとした駅から一歩外に踏み出すと、目の前は荒れたアスファルトに白線を引いただけの簡素なロータリーになっていて、どこかの旅館のバスが何台か停(と)まっている。視線を少し上げればそこには青く生い茂る山々があり、いくつもの旅館があり、遠くにはキラリと光る水平線が見えた。駅は海抜の高い所にあって、ここから海までの街並みが一望出来る。

　ロータリーに出てぐるっと一周見回してみると、どの建物にも何とか旅館や何とかホテルと書かれていた。まさに「ザ・温泉街」という趣だ。

「着いたー！」

　静(しずか)がガラガラとキャリーケースを引き摺(ず)りながら、ロータリーを横断して海の方に駆け出した。人は、恐らく海が見えるとそっちへ駆け出してしまう生き物なんだと思う。俺もそうしたい気分だった。

「着いたわねえ」

　ひよりんはまったりと周囲を見回している。静みたいなテンションの上がり方はしていないけど、楽しそうなのは一目で分かった。

「…………」

真冬ちゃんは俺の隣に立っている。ちら、と視線を向けてみると、どうやら街並みを眺めているようだった。じっと感じ入るように見つめている。

俺も、それに倣う事にした。ぼんやりと海の方を眺めていると、東京の喧騒が嘘のように感じられ、まるで異世界に迷い込んだような気分になった。たった二時間移動するだけでこんな世界が広がっているなんてな。

視界の焦点を手前に戻すと、静とひよりんがロータリーの向こう側からこちらに手を振っている。

「そろそろ行くか」

「うん」

二人に合流すると、静が待ちきれないという様子で飛び跳ねた。

「次の予定は!?」

「とりあえずは旅館に荷物を置こうと思うんだ。電話したら駅までバスで迎えに来てくれるみたいなんだけど、どうする？　歩いたら二十分くらいかかるけど」

「歩くに一票！」

静が勢いよく手を上げる。

「私も歩きたいかなあ」

ひよりんが手のひらを上げた。

「私は皆に任せるわ」

　真冬ちゃんも却下はしなかった。

「よし、んじゃ歩くか。このまま海の方に下っていったら着く感じだから」

「おおー、いいねえ！」

　静を先頭に俺達は歩き出す。海への道は基本的には下り坂で、そのお陰で常に視界に海があった。細い路地沿いには歴史を感じさせるトタン屋根の干物屋だったり土産物屋だったりが並んでいて、東京で目にするようなチェーン店は一つも見当たらない。至る所に旅館やホテルの看板が立っていて、その他には昼間だというのにシャッターが閉まっている店もそれなりに目に付いた。夜になるとまた違う街並みに変わるのかもしれない。

「なんか、ずっと坂だねー」

　下り坂という事もあり、静はキャリーケースを前に押し出すようにしながら歩いている。誤って手を離してしまったら下まで滑っていきそうで少し不安だ。

「そういえば温泉街って坂になってるイメージあるなあ」

「確かにそうねえ。何か関係あるのかしら」

「そうなんだ。私はこういう所に来たのは初めてだから」

「あれ、真冬ちゃん家って結構旅行とか行ってなかったたっけ」

　確か、真冬ちゃんからお土産を貰った記憶があるんだよな……キーホルダーだったような。まだ実家にあるはずだ。

「うちは遊園地とか動物園が多かったから。近くのホテルに泊まっていたんじゃないかしら」

「あー、そうだ。あのキーホルダーは動物園の奴だったっけ」

話を聞いて、ウサギのぬいぐるみがついたキーホルダーの姿が鮮明に蘇ってきた。ランドセルに付けるのは何となく恥ずかしくて、部屋に飾ってたんだよな。

「あのキーホルダー？」

静が食いついてくる。

「小学生の頃にな、真冬ちゃんがお土産でくれたんだよ。これくらいのウサギのぬいぐるみがついたキーホルダーを」

手のひらで大きさを示すと、静が漫画みたいに目を細めながら真冬ちゃんに視線をやった。

「ウサギのぬいぐるみ……真冬、あんたにも可愛い頃があったのねえ」

「…………コロス」

「きゃ――――！」

真冬ちゃんが前のめりになった所で、静が悲鳴をあげながら駆け出した。喧嘩するほど仲が良いというけど、これも仲が良いうちに入るんだろうか。十メートルほど坂を下った所で静は真冬ちゃんに捕まり、懲らしめられていた。静の身体が本来曲がらない方向に曲がっている気がするけど、気のせいだろうか。

「二人とも元気ねえ」

「ですねえ」

　真夏の炎天下はただ立っているだけでも汗が流れ出す。まだ歩いて十分ほどだというのに、既に全身がじんわりと湿っている感覚があった。二人も今頃走った事を後悔してるんじゃないだろうか。

　まったりと歩きながら二人と合流すると、やはり二人は汗だくになっていて、おまけに静は人が変わったようにしゅんとしていた。いつもの感じだと多分、五分後には元に戻ってるだろうが。


　予想通り静はすぐに元気を取り戻し、俺達は海沿いの道まで下りてきた。海自体はちょっとした堤防に阻まれて見る事は出来なかったが、鮮明に聞こえる波の音がその存在を俺達に感じさせる。すぐそこには海水浴に来た客用の駐車場も併設されているし、どこからか浜辺に下りられそうだな。

　すっかり風化した木の看板に赤い文字で書かれた『一日千円』の文字、そしてロープで囲われただけの砂利の駐車場の脇を抜けると、道が二手に別れる。片方はこのまま海沿いを進んでいく道、そしてもう片方は陸側へ上る坂になっていて、どうやら目的地は坂の上にあるようだった。

「あ、ここかも。サイトに載ってた写真と同じ」

坂を指差しながら真冬ちゃんが呟く。

「ええっ、これ上るの!?」

元気そうに見えても実は限界だったのか、静がへなへなとキャリーケースにしなだれかかる。別にそこまで大した坂でもないんだが、ジョギングすら満足に続かない万年運動不足の静にとっては絶望的な勾配なのかもしれない。

「頑張れって。ほら、キャリーケース持ってやるから」

傍に寄ってキャリーケースの持ち手を掴むと、静はぎゅっとキャリーケースに抱き着いた。

「ううう……このまま引っ張って……」

「それは無理だ。自分で歩いてくれ」

多分キャリーケースが耐えられないと思う。

「ぬぐぐぐ……」

本人も本気で言った訳じゃないんだろう、静は全身の力を振り絞るようにゆっくりと立ち上がった。動物番組で見た、生まれたての小鹿みたいにぷるぷると震えている。

「別にいいのよ？　ここにいても」

真冬ちゃんは照り付ける直射日光とは正反対の冷ややかな視線で静を一刺しすると、涼しい表情で坂を上っていく。ひよりんも直射日光は極力避けたいんだろう、困った様子で何度か俺達に視線をやりながらも、「先に行ってるわね」と真冬ちゃんに付いていく。

「………蒼馬くん」

「なんだ？」

「念のために聞くんだけど……おんぶは」

「流石に無理だ。両手塞がってるし」

俺の両手は二つのキャリーケースで塞がっている。この状態で静をおんぶするのは危険を言わざるを得ない。

「だよね……知ってた……」

静は両ひざに手をついてがっくりと項垂れる。髪の間から見える白いうなじが、少しだけ赤みを帯びていた。駅でひよりんの日焼け止めを借りていたけど、ちゃんと塗ったんだろうか。

「ふー……ふー……」

肩で息をする静の表情は見えない。もし本当にキツいなら俺が二往復して静をおんぶするんだが。

「なあ、静――」

「うおおおおおおおおっ！！！」

「っ!?」

俺が声を掛けようとした矢先――静が勢いよく駆け出した。勢いのままに先行していた真冬ちゃん達を追い抜き、坂の上へ消えていく。二人も驚いた様子で足を止め、静の背中を見送っていた。

「…………セミみたいな奴だな」

夏の終わり、地面に転がっているセミが、死んでいるのかと思えば勢いよく地面を跳ねるあの現象を思い出してしまった。勿論静は瀕死ではないが、体力を使い果たして地面に寝転がっている可能性はある。早く様子を見に行った方がいいな。

二重に響くキャリーケースの音を聞きながら坂を上り切ると、周りの旅館やホテルと比べても群を抜いて豪華な、見るからに高級そうな旅館が姿を現した。想像を超える外観にテンションが上がるが、今はそれどころではない。静の姿を捜すと、真冬ちゃんとひよりんの背中の更に奥、旅館の玄関付近でへたり込んでいる人影があった。出来れば他人を装いたい有様だが、間違いなくあれだろう。俺は僅かにスピードを上げた。


エントランスに入ると、薄い桃色の浴衣に身を包んだ女将さんが俺達を出迎えた。静の痴態を見られていたんじゃないかとヒヤッとしたが、当の本人はエアコンの効いた空気を浴びるのに必死の様子でそこまで頭が回っていないみたいだった。

「ようこそいらっしゃいました。四名様でご予約頂いている水瀬様でお間違いないでしょうか？」

水瀬様、という言葉に真冬ちゃんが一歩前に出る。

「そうです」

「本日は当旅館をお選び頂き誠にありがとうございます。あちらで受付と当旅館の説明をさせて頂きますね。奥のカウンターで特製の檸檬水をお配りしておりますので、よろしければお飲み下さい」

女将さんは明らかに静に目をやりながら言う。やはりバレてたみたいだな……。

「レモン水!?」

その甘美な響きに静は顔を上げる。勿論女将さんの視線には気が付いていない。

エントランスは「和モダン」とでも言えばいいのか、枯山水のような区画があったり、かと思えば高級ホテルのようなソファセットがあったりと中々にカオスで、それなのに違和感なく調和している。きっと一流の内装デザイナーが手掛けたんだろう。純和風の受付の横には小さなバーカウンターのようなものがあり、そこには檸檬の輪切りが飾り付けられたシャンパングラスが四つ並んでいた。俺達の為に用意してくれたんだろうか。流石は高級温泉旅館。

俺達は二手に別れる事にした。俺と真冬ちゃんが受付、静とひよりんはレモン水を飲みながらソファで寛いでいる。夜ご飯の時間や温泉の説明を受けていると、背後から「ふいー、生き返るー」と元気な声が聞こえてきた。

「暑かったですよね」

女将さんが自虐気味に笑う。気温に関して何一つ女将さんのせいなんて事はないんだが、申し訳なさそうな雰囲気につい否定の言葉が出る。

「いえいえ、あいつ運動不足なんです。東京もこれくらい暑いですから大丈夫ですよ」

「静、はしゃいでたから。余計に疲れたのかも」

真冬ちゃんも合わせてくれる。その甲斐もあって女将さんはホッとしたような表情を浮かべた。

「私共も精一杯おもてなしさせて頂きますので、是非疲れを取っていって下さい。貸し切り風呂の用意もありますので、ご希望でしたらお申し付け下さいね」

「……貸し切り？」

真冬ちゃんの目が怪しく光る。俺が嫌な予感を覚える頃には、真冬ちゃんは受付に噛り付くように一歩踏み出していた。

「それは混浴なんですか？」

「ちょっ、真冬ちゃん!?」

「はい、混浴となっております。カップルやご夫婦の方がよく利用されますよ」

女将さんが、俺と真冬ちゃんを見る。そして奥のソファで休んでいる静とひよりんの方へ視線が動き、もう一度俺の方へ戻ってきた。

——あなた、何者？

貼り付けたような笑顔に、そう書いてある気がした。

「は、入らないからね!?　俺は普通の温泉でいいから！」

「何事じゃー？」

声を聞きつけてソファから静とひよりんがこっちに向かってくる。

……マズい、マズ過ぎる。混浴なんて話を聞かれては、説明する前に二人から変態の烙印を押されかねない。

「お、女将さん！　そろそろ部屋に案内して貰っても!?」

俺は視線で必死に女将さんに助けを求めた。

「かしこまりました。それでは案内させて頂きますね」

生暖かい視線を俺に送りながら、女将さんはにっこりと微笑んだ。

「うおおおお――――っ！」

一面の青色の中に俺達はいた。

視界の半分は空で、もう半分は海。気が付けば俺達は吸い込まれるように窓に張り付いていた。

「当館で一番景観がいいお部屋をご用意させて頂きました。それでは、どうぞお寛ぎくださいませ」

女将さんが何か言っていたけど、耳に入っていなかった。ふすまが閉まるストンという優雅な音で、女将さんが去っていった事が辛うじて分かった。その間も視線はじっと窓の外から離れない。

「…………凄い」

誰かが呟いた。

「だな……」

脳を経由していない言葉を反射的に返す。そして、静寂が俺達を包んだ。

「…………」

絶対楽しい旅行になるぞ、と。

そんな確信めいた予感が胸の中に広がっていくのだった。


さっきは気が付かなかったけど、オーシャンビューだけでなく部屋自体もとても豪華だった。贅沢な二部屋構成になっていて、片方は純和風の寝室、もう片方は広い和洋室になっている。俺達はキャリーケースを部屋の端にまとめると、誰からともなく畳の上に座り込んだ。

「いやー、凄いねえ」

静は座り込むを通り越して、思いっきり寝そべりながら間延びした声を漏らした。手足を上下させる度に畳特有のカサカサと小気味よい音がして、何だかそれが心地好くて俺も寝転がってみる事にした。そうしないと色々な物が見えそうだったからというのもあった。

畳に全身を任せてみると、見事な木目の天井が俺を出迎えた。畳の落ち着く匂いが鼻を通り抜ける。思えば、こうして和室に寝転がるのは実家に住んでいた時以来だ。

「あー……落ち着くなあ」

ドキドキしっぱなしの旅行だけど、和の雰囲気に包まれて瞬間的に隣に三人がいる事を忘れてしまう。日頃の喧騒が嘘みたいに遠い出来事のようで、気を抜けばこのまま寝落ちしてしまいそうだった。やはり日本人は心のどこかで畳を求めているのかもしれない。もし家を建てる時は絶対に和室を一室作ろう。

「真冬ちゃん、これからどうするの？」

どことなく楽しそうなひよりんの声。

「ちょっと休んだら街を散策しようと思います。色々観光名所もあるみたいなので」

ゴロンと首を横にやると、真剣な表情でスマホに視線を落とす真冬ちゃんがいた。しっかり者の真冬ちゃんに任せておけば間違いない——そんな確信がある。

「静は大丈夫なのか？　さっき死にそうになってたけど」

出不精の静の事だ、こうしてエアコンの効いた部屋に来てしまったら、外に出る気など失せてしまうんじゃないか。

そう思ったんだが、帰ってきたのは不敵な声色だった。

「舐めるんじゃないよ蒼馬くん。さっきレモン水飲んで回復したからね、元気百倍だよ私は」

元気百倍、しずパンマン！　などと意味の分からない事を言えるくらいには元気らしい。旅行でテンションが上がっているのもあるだろうが、とりあえず大丈夫そうだな。

「私はもう行けるけれど、皆は？」

「私も大丈夫よ」

　真冬ちゃんの声に合わせてひよりんが立ち上がる。腹筋に力を入れ跳ね起きると、大の字になっていた静が助けを求めるように俺に手を伸ばしてきた。

「元気百倍じゃなかったのかよ」

　言いながら、手を摑んで引っ張り上げる。まさか自分で起き上がる腹筋がないわけでもあるまいに。

　……いや、それくらいはあるよな？

「へへ、ありがとう蒼馬くん」

　恥ずかしそうに頰を搔きながら静が立ちあがる。恥ずかしいならやらなければいいのに。俺だって平気そうにしたけど普通に緊張したんだからな。

　視線を戻すと、真冬ちゃんが冷ややかな視線を俺に向けていた。

「そうやって蒼馬くんが甘やかすから静がつけあがるのよ」

「ちょっとぉ!?　いつ私がつけあがったっていうのよ」

　ぐいっ、と静が真冬ちゃんに食ってかかる。この二人は本当にどこからでも喧嘩に発展するな。

「日々の掃除、洗濯、エッテご飯——何から何までお兄ちゃんに頼り切りじゃない」

「ぐぐ……っ、ご、ご飯に関しては真冬だって一緒でしょ!?」

「私は買い出しを手伝ったりしてるもの。ね、お兄ちゃん？」

笑っているけど笑ってない真冬ちゃんの視線が俺に突き刺さる。

確かに俺と真冬ちゃんで買い出しに行く事は多いけど、それは大学帰りにスーパーに寄っているからに過ぎず、手伝って貰っているかと訊かれれば全くそんな事はないんだが、ここで首を横に振ると後が怖い。

「うーん……まあ、そうだったような……？」

俺の言葉を聞いて、槍のようだった視線がふっと柔らかくなる。

……もし真冬ちゃんに付き合う事になったら、俺はきっと尻に敷かれっぱなしなんだろうな……。

「静、あなたはもう少し自分の事を自分で出来るようになるべきよ。…………どうしてもというなら私がその手助けをしてあげない訳でもないわ」

「ま、真冬ぅ……！」

少し恥ずかしそうに目を逸らしながら言う真冬ちゃんに、静が感動の眼差しを向ける。

その横で、何故かひよりんが少し気まずそうに目を泳がせていた。何かあったんだろうか？

街に出た俺達は観光スポットの一つでもある港に向かい、まずは腹ごしらえとそこで一番人気のある海鮮丼の店に入った。静は朝も海鮮丼を食べていたのに全く問題ないらしい。

広い店内はお昼どきというのもあって満席に近く、俺達の後も続々とお客さんが入ってだ。

きている。この調子だとすぐに待ち組が出るだろうな。港で一番人気の海鮮丼……楽しみ

「どうしようかしら……」

ひよりんが悩ましい声を漏らす。その視線は「生ビール　５００円」の文字に注がれて

いた。

「飲めばいいじゃないですか、折角の旅行なんですから」

「私メロンソーダね！」

「私は水でいいかな」

「あれだったら俺も付き合いますし」

こういう時に一人だけお酒を頼むのは何となく気が引けるしな。それに、炎天下を歩い

たせいで身体(からだ)がビールを求めている。珍しく俺も飲みたい気分だった。一杯なら酔う事も

ないだろうし、もしひよりんが酒乱モードに入ってしまっても介抱出来るだろう。

「それじゃあ頼んじゃおうかな……ありがとう蒼馬(そうま)くん」

「いえいえ、俺も飲みたかったので丁度良かったです」

注文を通すと、程なくして海鮮丼とドリンクが運ばれてくる。ジョッキになみなみと注

がれた金色の液体を前に、ゴクリと喉が鳴る。ひよりんも完全に目がハートマークになっ

ていた。

「それじゃあ——真冬ちゃんのミスコン優勝に」

「かんぱーい！」

ジョッキを鳴らし、ビールに口をつける。キレのある苦みが口の中に広がって、一口のつもりがついつい飲み進んでしまう。やはり汗をかいた後のビールは美味(おい)しいな。口を離すと、大きなジョッキなのに半分ほど飲んでしまっていた。

「……ぷはあ……！　うう、どうしよう……美味しすぎるわ……」

対面に座るひよりんも同じだったようで、あまりの美味しさに頭を抱えていた。ただ一つ違うのは、俺のジョッキはまだ半分残っているが、ひよりんのジョッキは空になっているという事だ。え、もう飲み干したのか!?

「そ、蒼馬くん……？」

申し訳なさそうに上目遣いで俺を見つめるひよりん。何が言いたいかは手に取る様に分かってしまう。

「気にせず飲んで下さい。あ、でも酔い潰れないで下さいね？」

忙しいお昼どきでは店に迷惑を掛けてしまうかもしれないし、何より折角旅行に来たのに昼から酔い潰れてしまうのは勿体(もったい)ないからな。

「大丈夫、気を付けるわ」

ひよりんは力強く頷(うなず)いた。ひよりんのこの台詞(せりふ)を俺は何度聞いてきたか。そして、その結果どうなったか。マグロを口に運びながら、俺は天に祈った。

結論から言うと、ひよりんは耐えた。

耐えたのだが……無傷という訳でもなかった。

「うふふ、美味しかったわね？」

溶けるような屈託のない笑顔をこちらに向けるひよりんは、俺が手を繋いでいないと風に流されどこかに行ってしまいそうな足取りでふらふらと漂っている。

「美味しかったですね。あと、ご馳走様でした」

ひよりんがお酒を沢山飲んだ為、会計は余裕の一万円オーバー。酔っぱらったひよりんは何と全員分奢ってくれたのだった。酔いが覚めたら改めてお礼を言おう。

「ううん、いいのよ？　私、皆のお姉ちゃんだから」

えっへん、と胸を張るひよりん。ワンピースの下から大きい胸が強調され、俺は青空を仰いだ。唯でさえ推しと手を繋いでいる時に、そういう事をされると非常にまずい。

「いつの間にか私にお姉ちゃんが出来ていたとは……」

「お姉ちゃんにしては少し不安な所が多い気もするけれど」

そんなひよりお姉ちゃんだが、妹達からの評判はそんなに良くないみたいだった。まあお昼からビールを五杯以上飲んでいればそういう評価になってしまうか。綺麗なお姉さんが凄い勢いでジョッキを空にするものだから、店員さんもびっくりしてたしな……。

「お姉ちゃんの事は俺が何とかするから安心してくれ。それで、次はどこに行こうか？」

責任能力のある大人が一人減った今、最年長の俺がしっかりしなければ。同じく最年長

の静(しずか)は空から降り注ぐ熱光線でいつダウンしてもおかしくないし。

「大通りにお店が沢山あるからそこを周ろうと思うんだけれど、どうかしら？」

真冬(まふゆ)ちゃんがスマホを見ながら言う。

「うん、いいんじゃないかな。食後の運動にもなりそうだし」

とにかく歩いて代謝を促進させなければならない人物が一人いる事だしな。

「ふふっ、よく分からないけどいきましょう？」

ひよりんが俺の手を引っ張って歩き出す——海の方へ。

「ひよりさん、そっちは海ですよ。逆方向です」

「ねえ、ひよりさん大丈夫なの……？」

静が不安そうに耳打ちしてくる。

「分からん。でも楽しそうだ」

見てみろ、この太陽のような笑顔を。

旅行の楽しみ方は人それぞれだ。観光地を巡りその地の歴史に触れるのもいいし、グルメに舌鼓を打つのもいいし、その場所でしか出来ない体験をするのもいいし、ふわふわになるまでお酒を飲んだっていい。

「あれ、海に行くんじゃなかったかしら？」

「違いますよ。今から街を巡ろうって話になりました」

「そうなのね。じゃあ街に向けてしゅっぱーつ」

「ちょっ、ひよりさん!?」

ぐいっ、と手を引っ張られ、俺は体勢を崩しながらひよりんの横に並ぶ。そして俺達の隣に静と真冬ちゃんが追い付いてくる。

真冬ちゃんはひよりんが握りしめている俺の手を睨みながら呟く。

「私も飲んでやろうかしら」

「二十歳になったら一緒に飲みに行こうね」

どうにも本気そうな声色だったので、宥めるように頭を撫でる。いくら旅行とはいえ羽目を外す訳にはいかない。

さらさらの黒い髪が気持ちよくて、つい指を動かす。真冬ちゃんの頭は太陽の熱を吸収していて少し温かかった。黒髪だし余計にそうなのかもしれない。日射病に気を付けなきゃな……そう思った瞬間、ひんやりとした細い指が俺の手を捕まえた。

「……絶対だよ？」

「うん、約束する」

「おーい！　青だぞ〜!?」

いつの間にか信号は青になっていて、向こうから静が叫んでいる。真冬ちゃんは小指同士をさっと一瞬絡ませると、指を解いて歩き出す。

「約束。いこ、お兄ちゃん？」

「あ、ああ」

ちゃんと前を見ているけど信号が青になった事にすら気が付いていなかったひよりんを引っ張りながら、俺達は街に向けて出発した。

「…………ほう？」

商店街の中頃、とある店の前で静が足を止めた。視線を追ってみると「射的あります」という赤いのぼりが風になびいてはためいている。古い店の中を覗いてみると、祭りでよくある射的の屋台と同じようなセットの横に、白いタオルを額に巻いたお爺さんが座っていた。観光客用の商売だろうが、看板を見ると一回三百円とかなり良心的な価格設定らしい。今は家族連れがチャレンジしていて、小さな男の子が父親に肩車されながら必死に銃を構えている。

「久しぶりに見せちゃおっかなあ、私の腕前を」

「何だ、得意なのか？」

「これでも地元じゃゴルゴの生まれ変わりって言われてたからね」

絶対嘘だろ。

しかし、自信があるのはどうやら本当のようで、静は勢いよく横開きのドアを開け店内に入っていく。俺は二人に目配せすると、静の後を追って店の中に入った。

「らっしゃい。両手に花だねえ兄ちゃん」

店主のお爺さんはちらとこちらを流し見ると、何とも反応に困る第一声を俺に投げかけた。

「はは……どうも」

　両手に花なのは事実なので否定出来ない。俺が困っていると、静が財布から小銭を取り出しながら前に出る。

「お爺ちゃん、一回！」

「ほう……やる気かい、嬢ちゃん」

　瞬間、店主が鋭い眼光を静に飛ばす。くたくたの白タンクトップ姿にもかかわらず、いつの間にか歴戦の兵士のような風格を纏っていた。

　一体なんなんだこれは。

「昔の血が騒いでね……ついフラッと入っちゃったのさ」

　静も静で適当な事を言っている。初対面の人とこうやって寸劇のような事が出来るのは、やはりＶＴｕｂｅｒとしての活動が大きいんだろうな。普段の生活からは想像も出来ないが静はコミュ力が高いんだろう。

　思い返せば、俺達の出会いもそうだった。初対面の男を家に上げ、引っ越しを手伝って貰うというのはかなりのコミュ力がないと出来ない芸当だ。まあそのせいで俺に正体がバレてしまったんだが、本人はその事を後悔していないようなので良しとする。

「……お兄ちゃん、これ、何？」

　真冬ちゃんがボソッと耳打ちしてくる。

「分からん。静はお酒を飲んでないはずだが」

言いながら景品に目を通していく。メインはお菓子やちょっとしたおもちゃらしく、隣の男の子も恐竜のソフビを狙っているようだ。こういう射的は得てして中に重りが入っていたり、後ろにストッパーがあり中々倒れないようになっているものなんだが、そういった仕掛けは見当たらない。景品が安い代わりに正々堂々と勝負させてくれる店らしい。

「やってみな、嬢ちゃん。その実力……見せて貰おうか」

店主は台に置かれた三百円を回収すると、乱暴な手つきで銃を置いた。レバーを引いてコルクの弾を詰める、あのお馴染(なじ)みの銃だ。

完全に役になりきっている店主は挑戦的な目つきを静に向けている。映画の中のカウボーイみたいなやり取りに、隣の家族のお母さんが訝(いぶか)し気な視線をこちらに向けているが、意図的に気にしない事にした。旅の恥は掻(か)き捨て、という言葉だけが俺の心の支えだ。

「その言葉……後悔させたげる」

一体どういう設定なのかは分からないが（遠い昔に引退した凄腕(すごうで)のスナイパー、みたいな感じだろうか）、静は不敵な笑みを浮かべて銃を手に取った。

「………お」

つい、声が漏れる。

銃を構えた静は、なるほど確かに様になっていた。脇をしっかりと閉め、銃を頬にしっかりと密着させ、頭を僅かに傾けて目標に狙いを定めている。スナイパーみたいだな、と素直に思ってしまう構えだ。

「ふぅぅぅ……」

静が大きく深呼吸する。

確か、一流のスナイパーは射撃の時に呼吸を止める、というのを映画か何かで見た気がする。呼吸によって僅かなブレが発生してしまうらしいんだが、なんと静も同じ事をやっていた。あまりの真剣さに、銃口の先にあるラムネのお菓子が政府の要人に見えてくる。

「――――、」

パン、という乾いた音が響いた。

放たれたコルクの弾丸が、スローモーションでラムネのお菓子の上部を抉っていく。バランスを崩したお菓子はぐらぐらと揺れた後、こてっと倒れて床に転がった。

「…………すげえ」

まさか静にこんな特技があったとは。配信を見ていてもゲームが得意な方ではないようだし、リアルでも片付けも出来なければ料理も全くダメ。割とポンコツなイメージがある静だったが、これは認識を改めなければいけないかもしれない。はっきり言ってめちゃくちゃ意外だった。

ひよりんは凄い凄いと拍手しているし、真冬ちゃんも驚いて目を大きく開いている。そしてさらにもう一人。

「おねえちゃん、すごいねー！」

声は頭上から降ってきた。隣で挑戦していた男の子が、お父さんに肩車されながら静に声をかけていたのだ。すいませんすいません、と慌てて謝るお父さんを静は手で制し、少年にドヤ顔を向けた。

「少年、何が欲しいのかな？」

「えっとね、あれ！　きょーりゅー！」

男の子の指差す先にあるのはティラノサウルスと思しき恐竜のソフビ。ティラノサウルスは研究が進み、今では俺達が良く知るあのカッコいい姿ではなかったとの説が有力らしいが、そのソフビはお馴染みのティラノだった。

「恐竜、か。中々手強い相手だね」

静はニヤリと口の端を吊り上げると、ティラノサウルスに鋭い視線を向ける。男の子は静を本物のハンターだと勘違いしているのか、キラキラと憧れの眼差しで見つめていた。これでこの男の子が「現代にハンターは存在するんだ」と間違った認識を持たなければいいが、残念ながら静はノリノリだった。

「私に任せておきな。こう見えても私は昔、数多の恐竜を葬ってきた凄腕のハンターだったからね」

「おおーっ！」

少年に見つめられる中、静は慣れた手つきで銃のレバーを引くとコルクの弾をいくつか比較して一つを手に取った。そして、それを慎重に銃口に詰めていく。俺からは全て同じ様にしか見えないが、きっと弾にも良し悪しがあるんだろう。

静はさっきと同じく妙に様になっている構えで銃をもたげると、ティラノサウルスに向けて引き金を引いた。

「――――あっ！」

少年の嬉しそうな声。

静の放った弾丸は恐竜の首筋を的確に捉え、急所を射抜かれたティラノはその巨軀を無様に地に晒した。

ように見えた。実際はソフビが倒れただけだったが、それくらいの緊張感がこの場にはあった。

「やるねえ、嬢ちゃん」

店主が倒れたソフビを静に手渡す。静はそれを受け取ると、キザったらしい仕草で男の子に差し出した。物凄いドヤ顔だった。

「受け取りな、少年」

「いいの!?　ありがとうおねえちゃん！」

男の子はティラノを受け取ると大切そうに手のひらで包んだ。下で、お父さんがペコペコと頭を下げている。

「あの、ありがとうございました」

「当たり前の事をしたまでです」

「ぶっ」

真冬ちゃんがひそやかに吹き出した。いつもの静とのギャップに耐えられなくなったんだろう。

丁度弾を撃ち切っていたのか、ひとしきり静にお礼を言うと家族連れは出口へと踵を返した。お父さんの肩の上で男の子が静に手を振る。

「おねえちゃん、ばいばーい！」

「またなー、少年」

そうやって、男の子は見えなくなるまで静に手を振っていた。

店内に静寂が戻ってくると、真冬ちゃんが口を開く。

「ちょっと静、何だったのよ今のは。あの子が勘違いしちゃうじゃない」

「ふふん、ちびっ子に夢を与えるのがＶＴｕｂｅｒの仕事だからね。務めを果たしたのよ」

そう言って胸を張る静は、いつもより少し大人びて見えた。さっきのキャラがまだ抜けきっていないのか。

「ＶＴｕｂｅｒがそんな理念で活動していたのは初耳だけど、良い事したと思うぞ。男の子も嬉しそうだったしな」

確かに真冬ちゃんの言う通り、これであの子は「この世には恐竜ハンターのお姉さんがいる」という勘違いをしてしまったかもしれないが、それ以上に旅行のいい思い出になったのは間違いない。こういうのって、案外大人になってもずっと覚えてたりするんだよな。

「それにしても、本当に射的が上手いんだな。びっくりしたよ」

まさか静のこんな意外な一面が見れるとは。

静が隣に引っ越して来て数か月、俺達は普通の隣人よりは濃密な時間を過ごしている。だから静の事を殆ど理解していたと思っていたけど、どうやら自惚れだったみたいだ。

「ふふふ、地元の祭りじゃ子供たちに頼られてたからね。因みに輪投げもめっちゃ自信あるよ。おっきな日本酒を取ってお父さんに褒められた事もあるんだから」

静は自慢げに鼻の穴を大きくした。

以前なら、子供たちと静という組み合わせは静がわたわたしているイメージしか湧かなかったけど、今となっては子供たちと仲良く遊んでいる静が簡単に想像出来た。蒼馬会ではどう考えても末っ子タイプな静だけど、意外とお姉さん気質があるのかもしれない。

「意外な一面ね。ちょっと見直したかも」

真冬ちゃんも素直に引き下がる。真冬ちゃんが素直に静を褒めるとは、何とも珍しい。

「やっと分かってきたみたいね。姉の偉大さが」

「そこまでじゃないけれど。ここからこの辺になっただけ」

手を出来る限り下げ、そこから少しだけ上げるジェスチャーをする真冬ちゃん。最底辺まで落ちていたのか……。

「何ですって――」

　また争いの火ぶたが切って落とされようとした――――その時。酔いから覚めていない
ひよりんが唐突に声をあげた。

「射的、私もやってみたいなあ」

　無理だと思いますよ――なんて言えるはずもなく。

「えっと、まずこのレバーを引いて、そしたらこの弾を詰めるんです。気を付けて下さい
ね」

「大丈夫大丈夫、もう酔いも覚めてるから」

　その割にはふらふらしてると思うんだが。手も覚束なくてコルクを何度も落としてし
まっている。

「よいしょ……っと」

　サポートしながら何とか撃てる所まで持っていくと、ひよりんは勢いよく銃を構えた。

静とは大違いの素人丸出しな構え方だ。

「うーん……何か揺れてないかしら……？」

　ひよりんがきょろきょろと辺りを見回す。地震を疑っているのかもしれないが、揺れて
いるのはひよりん自身だ。

「ひよりさん、まずは動くのを止めましょう。止まらないと当たらないですよ」

「あはは、私が動いていたのね。分かったわ」

口ではそういうけど、ひよりんはふらふらしたままだった。やっぱり酔った状態で射的なんて無理だったんだ。

パン。

ひよりんが撃った弾は、何を狙ったのか分からないほど離れた壁にぶつかって空しく落ちた。

「あははは、惜しかったわねー」

「どこが……？」

静が呟いた。達人の静には目の前の惨状は看過し辛いのかもしれない。

「次は当てるわよー」

危なっかしい手つきでひよりんが二発目を込めていく。ぐわんぐわんと上体を揺らしながら銃を構えた所で、店主のお爺さんが口を開いた。

「坊主、何をやっちょる。手伝ってやらんかい！」

「え!?」

手伝う？

何を？

………どうやって!?

「坊主、この国にはこういう諺がある——据え膳食わぬは」

「だーっ！　言わなくてもいいから！」

一体何を言い出すんだこのお爺さんは!?

というか、いつから坊主になったんだよ俺は。

パン。

「うーん……当たらないわねえ」

当然、あんな状態で当たるはずもない。二発目を外したひよりんは残念そうに肩を落とした。

……何とかしてあげたいとは、思う。

当然だ、目の前で『推し』が落ち込んでいるんだから。

分かってる。分かってるからそんな目で俺を見ないでくれ店主。アンタ今、真冬ちゃんに物凄い睨まれてるぞ。

「…………」

いや、まあ……うん。

流石にこのままなんてのは俺も嫌だ。さっきの男の子が笑顔で帰っていったように、旅の想い出は楽しいものであるべきだ。

このままではひよりんの想い出は苦いものになってしまう。それを俺が変えられるというのなら――悩む必要なんてあるはずもない。

「ひよりさん、ちょっといいですか？」

「きゃっ……ふふ、どうしたの蒼馬くん」

ひよりんの後ろに立ち、両肩を押さえる。こちらを振り返るひよりんは笑顔だった。とりあえずは許されたらしい。

「静もそうでしたけど、構える時に身体を動かさない事が重要なんです。とりあえず弾を詰めて貰ってもいいですか？」

「うん、分かったわ」

弾を詰め、銃を構えるひよりん。身体のふらふらこそ止まったけど、腕は揺れたままだ。これは銃の重さによるものだからどうしようもない。

――このままでは。

「俺が一緒に持ってあげますから、それで撃ってみましょう」

「ふぇっ!?」

ひよりんの後ろから手を回して一緒に銃を持ってみる。頑張って身体に触れないようにはしているけど、流石に全く触れないという訳にもいかず、俺の胸や腕がひよりんの背中と肩に当たってしまっていた。申し訳ないが、こればかりは仕方がない。

「どうですか？　これで揺れないと思うんですが」

「えっ、えとえと、ど、どうだろう……？」

ひよりんは酔いの影響かイマイチ分かってないみたいだったから、俺が代わりに顔を傾けてアイアンサイトを覗いてみる。すぐ隣にひよりんの横顔があってドキドキしたものの、今はそんな事を考えている場合じゃない。

「そういえば、何を狙っているんですか？」

「え、えっとね、あれ！　あのペンギンみたいなの！」

ひよりんが示す先には、ペンギンの妖怪を三回くらい洗濯して伸ばしたような何だかよく分からない小さな置物があった。あれは一体なんなんだろう。陶器っぽい質感だが。

「あれですね、分かりました」

アイアンサイトと、銃の先についた目印をペンギンに合わせる。

照準は…………ブレてない。しっかりとペンギンの顔を捉えている。

「…………よし、ひよりさん。このまま銃を動かさないように引き金を引いてみて下さい」

「う、ううん！　分かった！」

腕の中で落ち着きがないひよりんを、少し脇を閉めてぎゅっと抑えつける。はうっ、とひよりんが変な声を出す。

後ろからとはいえ流石に密着状態は精神的に良くないし、早く撃ってくれると助かるんだが……。

パン。

腕の中の、小さな衝撃。

「…………お、倒れましたよ！」

ひよりんの放った弾丸は、見事にペンギンの顔にクリーンヒット。そのままこてっと後ろに倒れた。

「は、はは…………や、やったあ」

腕を解くと、ひよりんはへなへなとその場にしゃがみ込んでしまった。酔いが回ってしまったんだろうか。

「大丈夫ですか、ひよりさん!?」

「う、うん……ちょっと腰が抜けちゃって」

その返答で気が付いたが、ひよりんはさっきより酔いが覚めているようだった。受け答えがしっかりしているし、ふわふわした雰囲気がなくなっている。

「立てそうですか?」

手を差し出すものの、ひよりんは中々取ろうとしない。見ればひよりんの顔はかなり赤かった。やっぱりまだ酔っているみたいだ。

「坊主、よくやったぞい」

お爺さんが笑顔でペンギンの置物を差し出してくる。何だか含みのありそうなその清々(すがすが)しい笑顔に、俺は苦笑いを返す事しか出来なかった。

ひよりんが酔っていたから何事もなかったけど、もし素面(しらふ)だったらきっと今見たいな事にはなっていなかっただろう。旅の恥は掻(か)き捨てとはいえ、かなり大胆な事をしてしまった。言葉は悪いが、ひよりんが覚えていない事を祈るしかない。

「どうぞ、ひよりさんが取ったペンギンですよ」

陶器のペンギンをひよりんに差し出す。ひよりんは少しの間じっとそれを見つめ、ペンギンごと俺の手を握って立ち上がった。

「いい思い出が出来たわ。……ありがとう、蒼馬くん」

そう言って笑うひよりんの笑顔を見られただけで、頑張りが報われた気がした。

「店主、これは人に向けて撃ってもいいものかしら？」

「男にならいいぞい」

「おい。……よし、そろそろ行こうか」

真冬(まふゆ)ちゃんとお爺さんの物騒な会話を遮って、俺達は射的屋を後にした。

◆

俺達は神社にやってきていた。

何でもこの温泉地は数年前に有名なドラマのロケ地として使われたらしく、この神社はドラマのクライマックスの告白シーンに使われたらしい。俺は寡聞にしてそのドラマを聞いた事がなかったんだが、女性陣は全員知っていた。そして意外な事に真冬ちゃんが一番乗り気だった。

木々の間を縫うような長い石の階段を、俺達は上り始める。

「まさか真冬ちゃんがそんなに『兄好き』のファンだったなんてねえ」

「高校生の時にクラスで流行ってたんです。それで観てみたら、色々自分と重なる部分もあって」

「あはは、真冬ちゃんは確かにそうかもしれないわね……というか高校生か……うっ胸が……」

「これ上るのぉー？　私ダメかも……」

「頑張れ静、頑張った方が夜の温泉が気持ちいいぞ」

いつの間にか酔いが覚めていたらしいひよりんと真冬ちゃんが楽しそうに話しながら階段を上っていく。俺はその背中を眺めながら、絶望に顔を染めた静を鼓舞しながら上る事にした。

「温泉はいいけどさあ……辿り着くまでに死んじゃうかも……」

「大丈夫だ、人はそう簡単には死なないから。ジョギングの時だって死ぬ死ぬ言って結局死んでないじゃないか」

「ひどいよ……いつだって正論は人を傷つけるんだ……」

観念したのか、静は手すりに捕まりながら一段目を踏み出した。それは人類にとっては小さな一歩だが、静にとっては大きな一歩だ。

「静はそのドラマ好きだったのか？」

「あえ？　『兄好き』？　んー、観てたっちゃ観てたけど私はそこまでだったかなあ。もう

ＶＴｕｂｅｒになってたから見逃す事もあったし」

「そうなのか。ところでその『あにすき』ってのは何てタイトルなんだ？」

「何だったかなあ、『お兄ちゃんを好きになってもいいですか？』みたいな、そんな雰囲気だった気がする。リアル兄妹の恋愛がテーマで、当時結構話題になったんだよ」

「…………そ、そうか」

俺は思わず階段の先を見上げてしまう。

少し先の方では、珍しく目に見えて楽しそうにしている真冬ちゃんの姿があった。

「遅かったね、蒼馬くん」

階段を上り終えた所で真冬ちゃんは待っていた。てっきりすぐに神社があるものだと思っていたけど、意外にも敷地は広く、茶屋やお土産売り場などが人で賑わっていた。ちゃんとした観光地なんだな。

「……静がへばっててな。大丈夫か？」

「はぁ……はぁ……し、死んだ……」

静は最後の一歩を登り切ると、よろよろと手すりの終端に寄り掛かった。

「生きてるから安心しろ。ひよりんは？」

「ひよりさんはお団子を食べに行っているわ。お腹空いたんだって」

真冬ちゃんが指差す先に、茶屋のベンチに座っているひよりんの姿があった。俺達に気が付いて手を振っている。

「俺達も一休みするか。静も疲れたろ」

「こ、コーラが飲みたい……」

「あるかなあ。抹茶とかならありそうだけど」

和風の小屋のような見た目だから、あまり横文字の飲み物は置いてなさそうだが。

静がよろよろと茶屋に向かって歩き出す。ひよりんが座っているベンチは四人なら座れそうだから、あそこでまったりするのが良さそうだな。

静の後を追って歩き出すと、僅かな抵抗が俺を掴んだ。振り返ると真冬ちゃんが俺の服の端をつまんでいた。

「お兄ちゃん、ちょっといい？」

さっきまでとは違う柔らかい表情。そして「お兄ちゃん」呼び。

――――リアル兄妹の恋愛がテーマなんだよ。

さっきの静の言葉が脳裏をよぎる。

「……どうしたの、真冬ちゃん」

「お兄ちゃんと一緒に買いたいものがあるんだけど」

「買いたいもの？」

「うん。お守り、なんだけど」

真冬ちゃんが指差す先にはお土産屋があり、見た所若いカップルの客が多い。若者に人気のグッズでもあるんだろうか。

「いいよ、行こうか」

断る理由もないのでそう言うと、真冬ちゃんは勢いよく俺の腕に抱き着いてきた。

「うん！　ありがとうお兄ちゃん！」

「ちょっ、真冬ちゃん!?」

慌てる俺を無視して、真冬ちゃんは俺を引き摺りながらお土産屋に歩いていく。流石に人前は恥ずかしかったが、他の客も似たような人達が多く、俺達が浮くという事はなかった。いや、だからと言って構わないという訳ではないんだが……。

どうやらこのお土産屋の目玉は縁結びのお守りらしく、赤とピンクの二種類のお守りが大きな棚にずらっと並んでいた。殆どの客がどちらかを手に取っていて、その比率は半々と言った所。

「一体何の違いが……」

言った所で、言葉を失った。思いも寄らない言葉が目に飛び込んできたからだ。

『兄妹縁結び』

ピンクの方のお守りに、確かにそう書いてある。兄弟仲でも姉妹仲でもない、兄妹縁結び、だ。

「な、何だこれ……!?」

もう片方のお守りに目をやると、そっちは普通の『縁結び』だった。

　一見ただのカップルのように見える客たちも、よく見れば家族のような二人と恋人のような二人がいる事に気が付く。カップルのような二人は普通の『縁結び』を、家族のような二人は『兄妹縁結び』を買っているようだった。見分け方としては恋人繋ぎをしていたり腕を組んだりしているのが普通のカップルだ。家族のような二人は流石にくっついたりはしていない。

　――俺達を除いて。

「ここのお守りね、有名なんだよ。兄妹がいつまでも仲良くいられますように――って」

「そ、そうなんだ」

　俺達は今、周りにどう思われているんだろうか。べったりとくっつきながら『兄妹縁結び』のお守りを手に取っている俺達を。

「お兄ちゃん――私達、ずっと一緒にいられたらいいね？」

　真冬ちゃんは笑っている。

　だけど、目は笑っていなかった。

　黒で塗りつぶしたような暗黒の瞳が、俺を取り込んでいる。

「そ、そうだね」

　久しぶりの怖い真冬ちゃんに、俺は壊れたように首を縦に振る事しか出来ない。

「……う」

　防衛本能からか、真冬ちゃんが抱き着いている腕を咄嗟に引いてしまう。引けば食い込

む鮫の歯のように、真冬ちゃんは万力のような強い力でギリギリと抱き締めてきた。

「ひよりさんとも、静とも、あんなにくっついてたんだもん。私とくっつけないなんて事――ないよね、お兄ちゃん？」

「あ、ああ……勿論だ」

「ふふ、良かった」

俺はそこで、自らの過ちを悟った。

旅行が始まって数時間――真冬ちゃんの堪忍袋の緒はとうにブチ切れていたんだ。さっきの射的屋の最後の発言も、半ば本気だったのかもしれない。

真冬ちゃんはお守りを二つ手に取ると歩き出す。

「行こ、お兄ちゃん？」

真冬ちゃんに合わせて、ぞわっと人の波が引く。気が付けば周りの男たちが興味と恐怖がないまぜになったような表情で俺達を見ていた。目が笑っていない美人が兄と呼ぶ男に抱き着きながら歩いているのだから、それはそれは奇妙な光景だろう。俺もどうにかなりそうだった。

レジを済ませ俺達は外に出た。店内は混雑していたのに、俺達の退店は酷くスムーズだった。

真冬ちゃんはお守りを一つ俺に手渡すと、そっと俺の腕を解放した。向こうの茶屋では静とひよりんが仲良く団子を頬張っている。

「楽しかったね、蒼馬くん」

真冬ちゃんは静たちに視線をやりながら、いつも通りの硬い表情で言う。そして俺の返答を待たず、歩き去っていく。

その背中が、どこか寂しそうに見えた。

「……真冬ちゃん！」

俺は真冬ちゃんに追いつくと、勢い任せに手を取った。何か言わなければいけない気がした。言いたい何かが、心にあった。

「蒼馬くん？」

「あのさ、えっと……」

勢いで行動したからまだ心のモヤモヤが言葉になってこない。ただ闇雲に、口を開く。

「ありがとう。お守り、大事にするよ」

不格好だったかもしれないが、それでも本心を口にする事が出来た。

真冬ちゃんの気持ちは本当に嬉しかった。そして、俺も真冬ちゃんと疎遠になるのは嫌だった。

兄妹がいつまでも仲良くいられますように――お守りに込められた願いは、俺の願いでもある。

俺の行動があまりにも意外だったんだろう、真冬ちゃんはポカンと口を開けて俺を見つめていた。

「…………ありがとう、お兄ちゃん」

朝の陽（ひ）ざしのような、柔らかい笑みを浮かべる真冬（まふゆ）ちゃんにさっきの面影は全くなくて。

俺は早くもお守りの効果を実感したのだった。

◆

「最後にお参りして行きましょう」

お団子屋さんを出た私たちは、そんな蒼馬くんの言葉でお参りの列に並んでいた。

神社の説明をちらっと見たら、どうやらここは恋愛成就にご利益があるらしい。まさに今の私にぴったりの神社って訳だね。よく見たら周りもカップルばかりで、グループで来てるのは私達くらいだった。

「何お願いしよっかなあ」

本当は決まってたけど、何となく私はとぼけてみた。皆は何をお願いするんだろう。

「蒼馬くんは何お願いするの？」

難しい顔をしてる蒼馬くんに聞いてみる。

「俺は……皆の健康かな。ご飯を作ってる立場だし、やっぱりそれが一番気になるよ」

「なるほどねえ。とりあえず私は毎日健康だよ」

「お前に関しちゃどうして健康なのか分からない生活習慣だけどな」

「うぐっ……」

刺された。言い返せないからこのダメージは黙って受けるしかない。

まあでも、蒼馬くんが毎日夜ご飯を作ってくれるから健康なんだろうなと考えたら、やっぱり感謝してもしきれない。一番聞きたかった答えじゃなかったのは残念だけど、それに免じて許してあげよう。

――静(しずか)、お前との未来だよ。

なんてね、言ってくれたら最高でしたけども。流石にそう甘くはないよね。

というか、そもそもライバルが多すぎるんだよ。

真冬もひよりさんも蒼馬くんの事が好き。

幼馴染(おさななじみ)と推しの声優に好かれてるって、何それ蒼馬くんラブコメの主人公じゃん！

あなたの事が好きな推しのＶＴｕｂｅｒもここにいる事だしね!?

……………取り乱しましたが。

この旅行中に頑張って距離を詰めるのは確定として、ここは一つ神に祈ってみるのも悪くないんじゃないかなと思うわけですよ。

もーさっきから真冬もひよりさんも遠慮って物を知らない距離の詰め方をしてるし、頼れる物は何でも頼る、摑める物は藁(わら)でも摑むくらいの気持ちが大切なんだと、さっきお団子を食べながらひしひしと感じている私ですからね。

行きのババ抜きで勝ったから「何でも一つ言う事を聞かせられる権」もある事だし、今晩絶対に蒼馬くんともっと仲良くなってやるんだから。

「――静、俺達の番だぞ？」

「ほいほい、それじゃあ祈っちゃいますかね」

作法は分からない。

でも気持ちだけは真剣、大真面目。

お賽銭をいれて、がらがらと鈴を鳴らして、私は必死に祈った。

――蒼馬くんの彼女になれますように。

◆

人は、ドキドキすると酔いが覚めるんだと初めて知った。

射的屋を出た時、私の酔いは完全に覚めていた。

その理由は勿論――蒼馬くんで。

私の認識が間違っていなければなんだけど………その……私、蒼馬くんに抱き締められてた……よね？

後ろから……ぎゅーってされてた、よね？

その事ばかりが頭の中をぐるぐるして、観光もあまり集中出来ず。最後に訪れた神社でお団子を食べながらほっと一息ついて、私はやっと平静を取り戻す事が出来た。

「最後にお参りして行きましょう」

蒼馬くんが立ち上がる。皆、それに付いていく。

………この神社は、恋愛成就の御利益があるというので全国的に有名だ。この神社で売っているお守りはカップルで身に付ければ生涯添い遂げられると言われているし、ハートの形の絵馬も売っている。一人で来ていたら私も書いていたかも。

「お願い、かあ」

「ひよりさんはやっぱりお仕事の事ですか？　またライブ発表されましたもんね、次は絶対行きますから！」

この前ライブが終わったばかりだけど、ありがたい事にもう次のライブが決まっている。この前のザニマス生放送で発表したばかりで、帰ってきた時の蒼馬くんの喜びようったらなかった。

新曲も出るし、これからまたライブの練習で忙しくなる。この旅行はその最後の休息。楽しみにしてくれている蒼馬くんの為にも、そして何より応援してくれているファンの為にも頑張らなくちゃね。

………でも。

「お仕事――はいいかな。それは自分の実力で頑張るものだから」

神頼みというのはもっと、自分の力だけではどうにもならない事を祈るべきな気がするのよね。

例えば……そう。

「……うん。お願い事、決まったわ」

「何にしたんですか？」

「…………ヒミツ。いつか言うわ、きっと」

――蒼馬くんの彼女になれますように。

◆

高校生の私は自分の気持ちが分からなくなっていた。

もう十年近く会っていない人の事を、私はいつまで好きでいるのだろうか。

そもそも、この気持ちは正解なんだろうか。

血は繋がっていないとはいえ、兄のように想っていた人の事が好きだというのはおかしいのではないだろうか。

答えの出ない疑問が、ぐるぐるぐるぐると頭の中を回っていた。

そんな時期だった。

そして、私はこのもやもやした気持ちにケリをつけようと思っていた。

好きなのに、どうする事も出来ないのは、はっきり言って辛かったのだ。

周りの友人達はどんどん恋愛をしカップルになっていく。そんな中で、私一人だけが過去に囚われている。

質が悪い事に、親経由で連絡先を聞く勇気もなかった。兄の事が好きだなんて誰かに相談する事も出来ない。あの時の私は、まさに八方塞がりだったのだ。

そんな私にとって――ドラマ『兄好き』は、まさに衝撃的な作品だった。

私がずっと封じ込めないといけないと信じ込んでいた兄への恋心を、主人公は隠そうともしない。それどころか、周りに応援されてもいる。私にとってそれはどんなファンタジーよりも現実離れしていて。

そして同時に、私にとてつもない勇気を与えた。

ああ――私はお兄ちゃんの事を好きでいていいんだ、って。

胸につかえていた重りが全てなくなったみたいに軽くなって。

そして私は、大学を卒業したら久しぶりに連絡を取ってみる事に決めた。

その時にはもうお互い大人で。

上手く話せるか、自信は全くなかったけれど。

でも、もしお兄ちゃんがまだあの頃のように私を想ってくれていたなら。

その時は――絶対に遠慮したりしない。

そう心に誓ったんだ。

「よし、俺達の番だな。真冬ちゃん、五円玉大丈夫？」

現実はそう予定通りには行かなくて、私とお兄ちゃんは大学で再会する事になったけれど。

それでも、私達は今確かにここに立っている。

「うん。ご縁がありますように、だもんね？」

私の背中を押してくれた作品の聖地。祈るならこれ以上の場所はない。

ゆっくりと目を閉じて、両手を合わせた。

――蒼馬くんの彼女になれますように。

◆

「花火やりたい！」

空が茜色に染まり出した頃、そろそろ旅館に戻ろうかという話になった所で静が叫んだ。

「花火？」

「折角だしもうちょっとだけ遊んでから戻ろうよ。ほら、海もある事だしさ！」

静が堤防を指差す。

俺達が歩いている海岸沿いの道は背の高い堤防に阻まれている為、直接海を見る事は出来ない。しかしその存在は肌で感じる事が出来る。折角すぐそばまで来ているんだから海辺を歩いてみたい気持ちはあった。

「俺は構わないけど……二人はどうですか？」

今日はかなり坂道を歩いたし、俺と違って女性陣はスニーカーを履いている訳ではない。何故かここにきて元気を取り戻した静はさておき、二人はそろそろ旅館でゆっくりしたいんじゃなかろうか。

「花火ってそもそもどこで手に入るの？」

「さっき寄ったコンビニに置いてあったような気がするわ。自信はないんだけど」

「ありゃ、マジか。じゃあ私ちょっと買ってくる！」

「いいわ、皆で行きましょう。花火するなら色々買わなきゃいけないだろうし」

「そうねえ、そうしましょう。蒼馬くんもそれでいいかな？」

「え、あ、はい。大丈夫です」

俺の予想はどうやら外れていたようで、三人は瞬く間に計画を立ててしまった。確かに俺の記憶でもさっきのコンビニに花火が置いてあったような気がする。その他に必要な物といえばライターとバケツくらいだろうか。ライターは売っているだろうし、最悪バケツは旅館で借りられるか。

そんな訳で俺達はコンビニに戻る事になった。海沿いの店舗だからか知らないが、幸いバケツも売っていたので必要な物は全て買う事が出来た。

「……おお」

堤防沿いの階段を上ると、海が見えた。

丁度夕日が水平線に沈んでいく所だった。今まさに世界は夜に包まれようとしている。

その最後の明かりが、空を赤く照らしていた。

「綺麗ね……」

ひよりんがぽつりと呟いた。

来た時は青かった海が、今は真っ赤に染まっている。都心では中々見られない景色につい目を奪われてしまう。

どれくらいの時間そうしていただろうか。

「とうっ」

不意に、静が階段を降りて砂浜を歩いていく。それを見て、自分が花火を持っている事を思い出した。そうだ、俺達は花火をやりに来たんだった。

「暗くなる前にやりましょうか」

俺達は海辺の「まあこの辺りなら波は来ないだろう」といった辺りに陣取った。何とか靴を濡らさないまま海水をバケツに汲む事に成功し、準備が整う。

「よーし、やるぞやるぞー！」

静がガサゴソと花火のパックを開け、手持ち花火を取り出す。

「静、手持ち花火は人に向けたらダメだからな？」

勝手なイメージなんだが、両手に花火を持って回転したりしそうなんだよな……。

静は俺の言葉に不服そうに頬を膨らませた。

「む、子ども扱いしないでよね。そんな事言う蒼馬くんには花火でお仕置きじゃ！」

静が火のついてない手持ち花火を俺に向かってぶんぶんと振ってくる。これで子ども扱いするな、は無理があるぞ。

「だからそれがダメだからな。大人しく誰もいない方に向かってやる事。オッケー？」

「分かってるって。ほら、蒼馬くんもやろうよ」

静が花火を握らせてくる。さっきまで静が握っていたので、少し温かい。

「私達も準備出来たわよ」

真冬ちゃんとひよりんも思い思いの花火を手に取って、俺が火を点けるのを待っている。

「よし……じゃあ、やるか！」

砂浜に点火用のろうそくを差して、火を点ける。準備している間にも空は暗くなってきていて、ろうそくの小さな明かりも輝いて見えた。

……花火なんてやるの、いつ以来だろうか。

古い記憶を順に呼び起こしていくと、小さい頃に真冬ちゃんと花火をした事があったのを思い出した。確か真冬ちゃんはその時生まれて初めて花火を見たらしくて、怖がって近付こうとしなかったんだよな。結局最後までお母さんの後ろに隠れていて、全然楽しくなさそうじゃなかったのを覚えている。

そんな真冬ちゃんが——自分から花火に火を点けた。

「……おお」

虹色に輝く光のシャワーが、俺達の周りを照らし出す。

静が勢いよく走り出し、花火をぐるぐると振り回す。静の動きに合わせて赤い光の軌跡が走り、静をチカチカと照らしていた。綺麗だけど、火花が服に散ってないか心配だ。

「ふふ、花火なんていつ以来かしら」

黄色い花火を下に向けながら、ひよりんがしみじみと呟いた。

「中々やる機会ないですよね。東京だと特に」

子供の頃はいくらでも出来る場所があった気がするが、東京だと殆(ほとん)どの場所で花火は禁止されている。賃貸住居の駐車場もダメだし、公園も禁止の場所が多いはず。

「大人になってからは一度もやってないわねえ。花火大会なら毎年見ているんだけどね」

その代わりと言ってはなんだが、東京には有名な花火大会がいくつもある。東京に住む殆どの人にとって、花火はやるものではなく見るものになっているのかもな。

「丁度シーズンですし、皆で花火大会を見に行くのもいいですね」

「そうねえ、きっと楽しいわ」

ひよりんは黄、真冬ちゃんは青、俺は緑。

俺が子供の頃は、手持ち花火といったら色のついていない火花が出るだけだった気がするけど、今はこんなにカラフルなのか。

昔はお母さんの後ろに隠れて見ているだけだった真冬ちゃんも、今はじっと青色の火花に視線を落としている。真冬ちゃんはあの時の事を覚えているだろうか。いつから花火が平気になったんだろうか。何となく気になった。

「はぁ、はぁ……ねえ、見てた!? めっちゃ綺麗だったでしょ!?」

エネルギー切れになった静が帰ってきた。エネルギーといっても静の体力という意味ではなく、花火が消えてしまったという意味だ。程なくして、俺達の花火も役目を終えた。

「見てた見てた。めちゃくちゃ綺麗だったな。最近の手持ち花火がこんなにカラフルだとは思わなかったよ」

「それ思った。私達が小さい頃は普通の色しかなかったよね。置く奴はカラフルなのもあったけどさ」

「そういえばそうだったわねえ。最後にやったのが昔過ぎて、それすら気が付かなかったわ」

「どんどん他のもやってみようよ。もしかしたら黒い花火とかもあるかも!」

流石にそれはないと思うぞ。

静が手持ち花火を掻き分けると、袋に小分けされたとある花火が姿を現した。

……時代が変わっても、なくならないものもあるんだな。

「わ、懐かしい」

ひよりんがそれを手に取る。薄い紙を撚って作ったようなそれは、打ち上げ花火と並んで夏の風物詩とされている。

「線香花火。まだあるんだねえ」

「うわー、懐かしいですね。子供の頃にどれだけ落とさずにいられるかを家族で勝負した記憶があります」

「私も家族でやったなあ。結構難しいのよね、風で落ちたりしちゃうし」

「ですねえ。未だにコツはよく分かってないです」

とりあえず動かさなければいいような気がするんだが、そう単純な話でもないんだよな。暴れてる方が意外と最後まで粘ったりもするし。

「………ねえ、私達で勝負しない？」

声の主は、意外にも真冬ちゃんだった。

「お、いいねえ。地元で線香花火マスターと呼ばれた私に勝負を挑むとはいい度胸だよ」

静が乗ってくる。お前は地元でいくつ異名があるんだよ。何故か全部祭り関連だし。

「私も負けないわよ」

言いながら、ひよりんが袋から線香花火を出して俺達に手渡してくれる。持ってみると子供の頃以上に小さく思えて頼りない。これを風から守り切るのは中々至難の業だぞ。

「他人への攻撃はなしにする？」

静のよく分からないルール確認に思わず吹き出しそうになる。もし線香花火に火がついていたら笑うだけでも消えてしまいかねない。

「なしに決まってるだろ。笑わせるのもなしな」

ルールによっては攻撃するつもりだったのかと考えると、静の地元がいかに魔境だったのかが分かる。あのおっちょこちょい加減で良く生き残ってこられたな。

皆が小さく首を縦に振る。真冬ちゃんの合図で、俺達の線香花火選手権が始まった。

「皆、準備はいい？」

早速ルールを破ったのは静だった。

「っ……」

静の姿に、他三人が声をあげそうになる。おい、これ絶対に笑わせに来てるだろ!?

「…………」

静はあぐらをかき、まるで大仏のようなポーズで目を閉じていた。親指と人差し指で丸を作った手を片方は縦、片方は横にし、縦の方でそっと線香花火をつまんでいる。心を無にしているとでもいうのだろうか。

見れば見る程シュールでツボに入りそうになるし、目を閉じる事でしれっと防御も兼ねているのもずる賢い。

え、これズルよね……？

ひよりんがそんなメッセージを目線で訴えてくる。俺は「見ないようにしましょう」と首を横に振った。まともに付き合っていたら全員静に食われてしまう。

普段こういうのでは笑わない真冬ちゃんもこの緊迫した状況では流石に無防備になってしまうらしく、チラチラと静の方を見ては肩を震わせている。指の下でパチパチと弾けるはじ花火が妙に神々しくて、それが面白くてつい見てしまう気持ちは分かる。だが、それでは

yeah

静の術中にハマってしまうだけだ。

線香花火選手権において、動揺はすぐに花火に伝わる。

微動だにしない静の花火に対し、俺達三人の花火は荒れに荒れていた。リードのついた犬のように円を描いて暴れまわっている。

…………負け、か？

どうしてもそんな弱気が脳裏をよぎる。ひよりんと真冬ちゃんもそう思っているはずだ。最早線香花火を楽しむ気持ちは微塵も残っておらず、花火を落ち着ける事に全神経を集中させる。

少しずつ、少しずつだが俺の花火は落ち着きを取り戻してきた。まだまだ先端の玉は小さく、ここで軌道修正出来れば勝機はある。見れば、二人の花火も修正し始めていた。流石にそう簡単には脱落してくれないか。

長い闘いになるな——そう覚悟した時、いきなり静が大声を挙げた。

「あっっっつ!?」

静が線香花火を放り投げ、バタバタとバケツに走っていく。そして指をバケツの中に突っ込んだ。

「静、大丈夫か!?」

「う、うん。火傷はしてないと思う……多分火花が散ったのかも。私の事はいいから、蒼馬くんは戦いに集中して」

「分かった。痛み出したら言えよ？」

思えば、静はポーズの関係で花火の下に手を置いていた。あれでは火花が散っても仕方ない。策士策に溺れる結果になったという訳か。

「くそ～、いい感じに心を無に出来てたのになあ」

静は放り投げてしまった線香花火を見つけるとバケツに放り込んだ。どうやらもう痛みは引いたらしい。大事に至らなくて良かった。玉本体が落ちていたら流石に火傷は免れなかっただろうし、ある意味これで良かったのかもしれない。

俺は完全に静から意識を外し、二人に集中する。先に玉が大きくなってきた方が不利なはずだが、今の所俺達の玉に差はないように感じた。

「さてさて、誰が勝つのかなあ？」

静が戻ってくる。その振動すら指先を伝って花火に届いた気がした。俺達はそれくらいギリギリの所で花火をコントロールしている。

ここからは持久戦。静の技を借りるではないけど、心を無にする事が肝心だ。

そして、そういう分野に関して真冬ちゃんの右に出る者はいない。真冬ちゃんは微動だにせず、じっと花火に視線を落としている。時が止まっているのかと錯覚してしまう程の落ち着きぶりは、普段大学で見せている姿と変わらない。

ひよりんはというと、頑張ってはいるものの少し集中力が切れてきたようだった。高いヒールを履いているせいかもしれない。ワンピースでは砂浜にお尻をつけるのも難しいだろうし、体勢から不利を背負っている。やがてひよりんの花火が先に暴れ始め、ついにその時が訪れた。

「………あっ」

ひよりんの線香花火が、音もなく砂浜に落ちた。

「負けちゃったかあ、悔しいなあ」

ひよりんが膝を伸ばす様に立ち上がり、バケツの方に歩いていく。やっぱりヒールでずっとしゃがんでいるのは辛かったみたいだ。同じ条件で闘っていたらまた違った結果になったはず。

俺は心の中でひよりんの最大限の賛辞を贈った。

「あとは俺達だけか」

「そうみたいだね」

やはり残ったのは真冬ちゃんだった。この勝負においては最大にして最強の相手と言っていい。毎日のように大学で男に言い寄られているせいで、心を無にする術を自然と身に付けている。

対抗するには、俺も心を無にするしかない。

俺はじっと線香花火に視線を落とす。先端の玉はかなり大きくなっていて、この勝負の終焉を伝えている。

パチパチと儚くはじける二つの光を真冬ちゃんと二人で見つめていると、強烈なデジャヴが俺を襲った。それが呼び水になり、古い記憶が蘇ってくる。

それは、あの日お母さんの後ろで怖がっていた真冬ちゃんの——その続きの話。

「ほら真冬、やってみないの？　綺麗よ？」

「いい……こわい……」

真冬ちゃんのお母さんによると、その日真冬ちゃんは初めて花火をやるらしかった。あの頃の真冬ちゃんは結構な怖がり屋さんで、初めての事はなんでも怖がっていた。初めてジャングルジムに登った時もしばらく下でぐずっていたのを覚えている。

俺は頑張って花火の楽しさを伝えたつもりだったんだけど、やっぱり火はちょっと無理らしくて、結局真冬ちゃんは最後まで花火に触らないままお開きになったんだ。

最後は線香花火で終わろう、確か俺の父親がそんな事を言い出したんだっけ。

子供の頃の俺は線香花火の良さなんて全く分かってなくて、誰が最後まで生き残るかの勝負が出来る花火としか思っていなかった。やっぱり、子供ってのは派手なのが好きなものだからさ。

そんな訳で俺は「もう終わりかー」なんて思いながら、渋々といった気持ちで線香花火に火を点けた。やっぱり線香花火は地味で、テンションは上がらない。

——そんな時だった。

「ん？」

真冬ちゃんがお母さんの後ろから出て来て、とてとてと俺の方に近付いてきたのだ。

「………おにいちゃん、それなぁに？」

「これ？　これはせんこー花火っていうんだ。花火にしては地味だよなー」

パチパチと小さくはじけるだけの花火で、見ていても楽しくはない。

そう思っていたんだけど、どうやら真冬ちゃんは違ったようで。

「………きれー」

真冬ちゃんは目を輝かせながら、俺が持っている線香花火を見つめていた。

「やってみる？」

「え……でも……」

真冬ちゃんが不安そうに後ずさる。俺は逃げられないように手を摑んだ。強引にでもやらせないと真冬ちゃんは尻込みしてしまう。そして、結局最後は楽しそうにしてくれるのだ。

「ほら、これもってみて」

俺は袋から新しい線香花火を出して、真冬ちゃんに差し出す。俺の線香花火も落ちてしまったので、俺の新しい分も。

「う、うん……あつくない……？」

「まだ火がついてないから大丈夫。えっとね、火がついたらじっとするのがコツなんだ」

「じっとするの……？」

「うん。それで、長く燃えていた方が勝ちなんだよ。俺と勝負しよう！」

「わ、わかった……！」

真冬ちゃんは覚悟を決めたようで、俺の隣にぺたんと腰を下ろした。真冬ちゃんは火が怖いみたいだから、手を持って線香花火をろうそくに誘導してあげる。

上手（うま）い感じに二人同時に火が点くようにして、勝負が始まった。

「わあ……！」

真冬ちゃんは早速俺が言った事を忘れていて、楽しそうに身体（からだ）を揺らした。今思えば初めて花火をやったんだから仕方がない。俺は「この勝負は貰（もら）ったな」なんて思っていた。動かない方が有利なはずで、事実真冬ちゃんの花火はゆらゆらと揺れていた。

「おにいちゃん、きれいだね」

「そうだなー」

勝負の事なんかすっかり忘れてそうな真冬ちゃんが笑顔で話しかけてくる。俺は自分の花火に集中していたからそれに気のない返事をした。今思えば酷（ひど）い奴（やつ）だな、俺は。

あとは真冬ちゃんの花火が落ちるのを待つだけ――そう思っていた俺に、信じられない事態が発生した。

「えっ、うそだろ!?」

なんと、俺の花火が急に暴れ出したのだ。今考えればある程度は製造過程による当たり外れがあるんだと推測出来るが、当時の俺は魔法でもかけられたのかと思うくらいに動揺

してしまった。

　結局、俺の花火はそれから間もなく落ちてしまった。

「あ、わたしのかち……？」

「うん、真冬ちゃんの勝ち。くそーどうして負けたんだろ……じっとしてればいいわけでもないのかなあ」

「えへへ、やったあ」

　悔しがる俺と裏腹に、真冬ちゃんが嬉しそうに顔を綻ばせる。

　結局、それから真冬ちゃんは花火が怖くなくなったみたいで、他の手持ち花火にも挑戦しだした。勢いよく噴き出す奴はまだやっぱり少し怖かったみたいだけど、最後には笑顔を浮かべていたように思う。

　…………いつ花火が平気になったんだと思っていたけど、あの時にもう克服していたんだな。すっかり忘れていた。

「――――くん。蒼馬くん」

「ん？」

　名前を呼ばれ顔を上げると俺は砂浜にいた。

　一瞬で我に返り、状況を把握する。どうやら昔に意識を飛ばし過ぎていたらしい。

「ああ、ごめん。ちょっと考え事してたみたいだ」

　手元を確認すると、二人とも既に線香花火は消えていた。

「ごめん、本当にぼーっとしてたんだけど……どっちが勝った？」

「………蒼馬くんの勝ち。まさか負けると思わなかったわ」

真冬ちゃんは相変わらずの無表情だけど、どこか悔しそうだった。

「いやー、凄かったよね蒼馬くんの追い上げ。寝てるのかと思うくらい動かなかったもん」

「いい勝負だったわねえ」

静とひよりんが俺達を讃えてくる。どうやらかなりの名勝負だったらしい。

「真冬ちゃん」

立ち上がった真冬ちゃんに俺は声を掛ける。

「？　どうしたの、蒼馬くん」

「今度は俺の勝ちだね」

「…………覚えてたの？」

真冬ちゃんは驚きの表情を浮かべた。もう十年くらい前の話だもんな、覚えてないのが普通だ。

「真冬ちゃんも覚えてたんだ。実はさっき、その事を思い出しててさ。そのお陰で勝てたのかもね」

「え、なになに何の話!?」

静が話に交ざってくる。

「実は昔、真冬ちゃんと花火をした事があってさ。その時も線香花火で勝負したんだよ」

「蒼馬くん、余計な事は言わなくていいからね？」

真冬ちゃんが少し慌てたように俺に釘を刺す。多分、花火を怖がってた事を静に知られるのが恥ずかしいんだろう。

「なによぉ、余計な事って？」

ああ、言わんこっちゃない。これがまさに「墓穴を掘る」という奴だ。真冬ちゃんが変な事を言わなかったら、俺は言うつもりなかったのに。

…………まあ、いいか。

今日は俺が勝ったしな。少しくらい真冬ちゃんに反撃する日があってもいいだろう。

「実は小さい頃、真冬ちゃんは花火を怖がってたんだよ」

「ちょっ!?」

「でも俺が線香花火を始めたらそれは怖くなかったみたいでさ。真冬ちゃんは花火をやるの初めてだったのに、俺は負けちゃったんだよな」

「へえ――――、真冬にもそんな時期がねえ？」

ボコ、と無言の制裁が静に下された。そしてその拳が俺に――――。

「当時は線香花火の良さは分からなかったけど、今となっては感謝してる。線香花火が地味だったお陰で真冬ちゃんと花火が出来たからね」

――――振り下ろされない。

「…………私は、あの頃から線香花火は好きだったけれど」

顔を背けて、真冬ちゃんはぼそっと呟（つぶや）く。

「そうだね、綺麗だって言ってたよね」

「…………お兄ちゃんと、初めてやった花火だから」

「えっと……ごめん。なんて？」

真冬ちゃんの呟きは、風に掻（か）き消されて俺のもとまで届かない。

「何でもない。ねえ、もう一度勝負しない？　今1対1よね」

立ち上がった真冬ちゃんが、思い直したように座り直す。あの時と同じように、俺の隣にぺたんと。

◆

「……ふぅ」

花火も佳境に差し掛かり、俺は皆から少し離れた所で休憩する事にした。今は静を中心に設置型の噴出花火で遊んでいるので遠くからでも楽しめない訳ではなかった。近くで見る花火は大迫力で面白いが、ここから見る花火も風情（ふぜい）があって悪くない。

……凄い事だよなあ、これ。

沈みゆく夕日をバックに遊ぶ三人をぼんやりと眺めていて、しみじみと思う。

あそこで遊んでいるのは『推し』のVTuber。『推し』の声優。そして、久しぶりに再会した『幼馴染』。

アニメや漫画でもここまで盛り盛りの設定はあまりないんじゃないかっていうくらいの非日常。でもこれは現実だった。

まさか自分の人生がこんな事になるなんて。数か月前まで、俺はあのマンションで一人きりだったのに。

「…………夢みたいだよなあ」

夢のような毎日。

でも、夢はいつか覚めるもので。

俺達の生活だっていつまでも続く訳じゃない。間違いなくいつか終わりは来るんだ。

だからこそ、俺はこの日々に感謝しなければいけない。

「どうしたの？　浮かない顔してる」

声が降ってきて、気が付く。

いつの間にか真冬ちゃんがすぐ傍まで来ていた。それに気が付かないくらい物思いにふけっていた。

「別にそういう訳じゃないよ。ただ、感謝してたんだ」

「何に？」

真冬ちゃんが俺の隣に腰を下ろす。視線の先では静とひよりんが楽しそうに次の花火を選んでいる。

「この毎日に。皆が来てから本当に毎日が楽しくてさ」

普段なら恥ずかしくて言えないような事も、今ならすんなりと伝えられた。

海辺、夕焼け、そして花火。

ありとあらゆるものが俺に魔法をかけている。

「皆って、私も入ってるの？」

真冬ちゃんの声から感情を読み取る事は難しくて（怒っている時以外は）、その問いの真意が俺には分からない。だけど答えは決まっていた。

「勿論だよ。真冬ちゃんにまた会えて本当に嬉しいよ」

俺の言葉に、真冬ちゃんは特別何の反応も見せない。「そう」、ただポツリと呟くだけだった。

沈黙が苦じゃない相手は珍しい。

例えば静が黙りこくっていたら俺は何か悪い物でも食べたんじゃないかと勘繰ってしまうし、ひよりんなら緊張して変な汗をかいてしまうだろう。

だけど真冬ちゃんと二人でいる時は、不思議とリラックス出来るのだった。だから俺は何も喋らなかったし、真冬ちゃんもただじっと花火で遊ぶ二人を、あるいは寄せては返す波打ち際を、あるいはそのずっと奥で赤く燃える夕日を眺めていた。

「…………」

　俺は物寂しくなり、傍に落ちていた貝殻を拾い上げた。何の貝かは分からない。白くてザラザラした貝だ。

「私も」

　そこで、真冬ちゃんが呟いた。考え事に集中しすぎてつい口に出てしまったような、そんな感じだった。

「私もお兄ちゃんに会えて嬉しかったよ。こうやってまた一緒に花火が出来るなんて思ってなかった」

　夕日はもう殆ど水平線に沈んでいて、辺りは薄暗い。花火が綺麗に見える代わりに、隣の真冬ちゃんの表情は分からなかった。

「……本当はね、卒業したらお兄ちゃんに連絡してみようと思ってたんだ」

　初耳だった。

「それなのに、講義室にお兄ちゃんがいるから本当にびっくりした」

　確かにあれは凄い偶然だった。たとえ同じ大学にいたとしても気付かないまま終わる事なんてザラにある。ああいう出会い方をしなければ、構内ですれ違っても真冬ちゃんだとは思わないだろう。そもそも俺は真冬ちゃんの事を記憶の奥底にしまっていた訳だし。

「真冬ちゃんは大学で有名だったけど、俺はただの目立たない学生だからね。あそこで気が付かなかったらそのままだったかも」

「もし私だって気が付いたら、お兄ちゃんは声を掛けてくれた？」

それは……どうだろう。

ケイスケに『工学部の撃墜王』の噂を聞く。実物を見かける。真冬ちゃんだと気が付く。

そこで俺はどうするんだろうか。

向こうは大学で最も高嶺に咲く一輪の花。振られた数は両手で数えきれない。男が嫌いって噂まであった。そんな状況で俺は自分から話しかけるだろうか。

俺の事覚えてる？　昔遊んでた蒼馬だけど。

……そんな自分は、全く想像出来ない。

そもそも向こうも覚えてないだろうって考えるし、もし覚えていた所で今更昔のノリで話しかけられても困るだろうなって想像が容易に出来る。男嫌いの噂があるなら猶更。

「多分、話しかけてないかも。迷惑かなって」

俺の答えを真冬ちゃんは予想していたみたいだった。だよね、と呟いた。

「だから、本当に幸運だった。人生で一番の運をあの日に使ったって思ってる。あそこで再会出来なかったらきっと大変な事になってたもの」

「大変な事？」

「お兄ちゃん――――きっと静かひよりさんと付き合ってた」

「えっ!?」

あまりに予想外の答えに腰が浮く。

俺が静かひよりさんと……!?

「いやいやいやいや、そんな事ある訳ないって」

「だって、二人とも『推し』なんでしょ？　付き合いたくないの？」

　そんな、俺の意思を確認されても、そもそも付き合うってのはお互いの気持ちがあって初めて出来上がる関係なんであって。

　確かに俺と二人は『推し』と『ファン』と呼ぶには深い関係ではあるけど、じゃあそういう感じなのかと聞かれると全くそんな事はないはず。俺はそういうのに詳しくないからよく分からないが、普通に考えて二人が俺の事を好きというのはあまりに現実離れしている。

「それは……俺の意思どうこうじゃないんじゃないかな。別に俺が好きだからって付き合える訳じゃないよ」

　花火で遊んでいる二人に目を向ける。

　あの二人が、俺の事を……？

　いやいや、やっぱり有り得ない。

「……………そうだね。それは、そう」

　微妙な間で真冬ちゃんが呟いた。何だか歯切れの悪い言い方だった。

「それにさ――別に、俺は二人と付き合いたいって思ってる訳じゃないよ。好きという気持ちにも色々あるというかさ。推すっていう気持ちは恋愛感情に似てるけど、全く一緒でもないと思うんだ」

じゃあ全く付き合いたくないのか、と聞かれるとそれはそれで答えに窮するんだけど。

でも、とにかくそれが俺の素直な気持ちだった。

現実の俺達はまだ出会って数か月しか経っていない。

勿論、現実の二人の事も好きだけど、それがそういう『好き』かどうかはまだ分からない。

「真冬ちゃんだって俺にとっては大切な存在だよ。今となっては唯一付き合いがある『幼馴染』だもん」

二人と比べて真冬ちゃんが下になるなんて事は、絶対にない。そう断言出来る。

「…………そっか」

相変わらず、真冬ちゃんの表情は摑めない。それでもさっきより空気が穏やかになったのは分かった。それは幼馴染の真冬ちゃんだから分かる事で、二人ではこうはいかない。

夕日が完全に水平線に沈む。辺りが一気に暗くなって、今となっては花火の明かりだけが俺達を照らしている。花火組の二人はラストスパートに入ったらしく、手持ち花火を両手に持って踊っていた。

静はともかく、意外にひよりんも楽しんでるなあ。まだまだ皆の知らない一面が沢山ある。

とん、と肩に軽い感触。隣に座る真冬ちゃんが俺に寄り掛かってきた。そのまま、小さな頭が俺の肩に乗る。

「真冬ちゃん？」

「線香花火。私が勝ったでしょ？　だからお兄ちゃんの肩は私のもの」

何が「だから」なのかは分からないけど、俺が動けば真冬ちゃんはそのまま横に倒れてしまうので動くに動けない。

真冬ちゃんの息遣いが、肩を通して俺に伝わってくる。同じように、俺の鼓動も真冬ちゃんに聞かれているだろう。

多分、俺の鼓動はとても穏やかなはずだ。静やひよりんとくっついたらおかしくなくらい煩くなる俺の心臓も、こうして真冬ちゃんと二人でいると不思議なほどリラックス出来た。半裸で夜這いされた時は勿論ドキドキしたけど、あれは生理現象に近い。

「お兄ちゃん、全然ドキドキしてないね」

「真冬ちゃんだってそうでしょ？」

触れ合っていると、真冬ちゃんの気持ちだって伝わってくる。

「そうかも。どっちかっていうと…………落ち着く？」

「俺もそうだよ」

家族と一緒にいる安心感というか、そういうものを真冬ちゃんには感じるんだ。

それはきっと過去の想い出を共有しているからで、この先何があっても俺は真冬ちゃんの事を嫌いにならないし、真冬ちゃんも俺を嫌いになる事はないいんだろうなっていう根拠のない信頼があった。

暗くなったせいか、波の音が凄く近くに聞こえる。視覚の代わりにその他の機能が強く働いていた。だから、俺の手を握る真冬ちゃんの手の感触も、いつもより鮮明に感じられた。

「ちょっと、真冬ちゃん」

「兄妹が手を繋ぐのは、別に不思議じゃないでしょ?」

「いや、充分おかしいと思うけど……」

「『兄好き』では普通だったもの。聖地パワーでセーフ」

「聖地パワーって何さ」

そんなもの、聞いた事がない。

振り払おうと思えば別に振り払えた。でも何故だかそんな気分にならなかったのは、もしかしてその聖地パワーとやらのせいなんだろうか。

視界が更に暗くなる。どうやら手持ち花火がなくなったみたいだ。街灯も堤防の向こうにしかないから、星空だけがぼんやりと辺りを照らしている。

波の音に紛れて聞こえてくる二人の会話から察するに、次がラストらしい。

「二人とも〜、出てこ〜い。最後の花火だよ〜?」

二人の足元にロウソクがあるのでこっちからは向こうの姿が見えるけど、花火がないと向こうから俺達の姿は既に見えなくなっていたようで、静が俺達に向かって叫んでいる。

「おう、今行く!　真冬ちゃん、行こう」

俺達は立ち上がる。だけど、歩き出しても真冬ちゃんの手がまだ離れない。もう二人は目の前まで迫っている。いやどうするつもりなんだこれは。振り払うべきなのか、しかしそうしたら真冬ちゃんが傷付くか。でも、二人に見られるのはまずい気がした。正解が分からない。

俺の焦りがピークに達しようとしていたその時、真冬ちゃんの手がふっと俺から離れた。

「静、花火全部使っちゃったの？」

「うん。だってもう暗いし、楽しくなっちゃって。ね、ひよりさん」

「ねー。久しぶりに羽目を外しちゃったかもしれないわ」

何事もなかったように、真冬ちゃんは二人と話し始める。

いや、冷や汗をかいたな……今のは心臓に悪かった。

「まあ、いいけれど。最後の花火楽しもうね、蒼馬くん」

そう言って、真冬ちゃんは俺にだけ分かるようににやりと笑った。

汗をかいているし何より煙の臭いが凄かった。部屋に帰ってきた俺達はとりあえずお風呂に入ろうという話になった。

「おっふろ～おっふろ～」

静が楽しそうにキャリーケースを開ける。お昼に持った時に妙に重いなと思ったんだが、その理由が分かった。開けた途端にケースの中から、新幹線の中で遊んだトランプが勢いよく飛び出てきたのだ。どうやらキャパを超える量の荷物を無理やり押し込んでいたらしい。

まるで静の部屋をそのまま小さくしたようなケースの中身に、俺は妙な安心感を覚えた。静の辞書に「整頓」という言葉があるはずもなく、よって荷物もこうなってしまう。引っ越して来た時の段ボールの中身は整理されていたはずだが、あれは親がやったんだろうな。

日頃から掃除洗濯をやっている俺からすれば、今更静の下着を見ても何とも思わないんだが、一応目を逸らして隣の部屋に移動する事にした。俺がいたら他の女性陣も荷物を広げにくいだろうしな。

和洋室の方へ移動し座椅子に座る。背の低いテーブルの上に置かれているお菓子を物色していると、隣の部屋から声が聞こえてくる。

「静、それって」

「わ――――！　こ、これは違うのっ！　紛れちゃっただけなの！　全然そういうのじゃないから！」

「それにしては新品みたいに綺麗だったけれど」

「あっ、あっ、そうだ！　これはひよりさんの奴だった！　うちに忘れてったの持ってきたんだった！」

「私、そんなデザインのものは持ってないわよ……？」

「そもそも全然サイズが違うじゃない」

「ぬぉおおおおん……！　違うんだよ～……」

「いいじゃない静ちゃん。私は可愛いと思うわ。そういうのに憧れる時期ってあるわよねえ」

「へえ、そういうものなんですか？」

「私も二十歳くらいの頃にそういうデザインのものを買った事があるの。結局、数回しか着けなかったんだけどね」

　向こうとは襖で仕切られているから内容はよく聞こえないが、何やら盛り上がっている。温泉は勿論男女別だから先に行ってもいいんだけど、肝心の荷物があっちにあるんだよな。向こうの準備が終わるのを待つしかないか。

「なるほど……静はそれ、着けるの？」

「な、ななな何を言ってるのさ!?　着ける訳ないじゃない！」

「えー、着けたらいいじゃない。折角買ったんだから」

「でも……私には似合わないし……」

「ううん、そんな事ないわ。絶対似合ってるわよ」

「真冬も似合わないって思うよね……!?」

「それは見てみないと分からないわね」

「あ、笑った！　絶対似合わないって思ってる！」

何か静がヒートアップしてるな。喧嘩しているって感じでもなさそうだけど。

「思ってないわ。とりあえず今日はそれを着たらいいんじゃないかしら」

「着ないもん！　いつもの奴に……あれ？」

「どうしたの、静ちゃん？」

「な、ない……!?　え、ちょっと待ってちょっと待って！」

「ちょっと、荷物まき散らさないでよ」

「ないないないない！　嘘でしょ……？」

向こうからガサゴソと荷物を漁る音が聞こえてくる。何だ、忘れ物でもしたのか？

「どうした？　何かあったのか？」

襖越しに声を掛けてみる。

「わた――――っ！　何でもない！　何でもないからね!?」

「そうか？　それならちょっと荷物取りたいんだけど、今入っても大丈夫か？」

「ぜっっっったいダメ！」

静の絶叫に俺は追い返される。一体襖の向こうで何が起きてるんだ……？

「観念しなさい。今日のあなたはそれを着る運命だったのよ」

「うう……そんな……」

「そうと決まれば早く行きましょう？　蒼馬くんも待たせちゃってるし」

「とりあえず静の荷物を片付けたら行きましょうか」

襖の前で待っていると、ややあって皆が姿を現した。もしかしたら浴衣に着替えているかと思って身構えたけど、そんな事はなかった。

「お待たせ。私達は行ってくるわね」

「了解です。とりあえず部屋集合で、皆揃（そろ）ったら夜ご飯に行きましょう」

「分かったわ。じゃあまた後でね」

三人が部屋から出ていく。

何故か静だけバッグを隠す様に、ぎゅっとお腹（なか）に抱えていた。

◆

「はぁぁぁぁぁぁ…………」

広い湯船に浸かると、腹の底から響くような深い溜息が出た。溜息と言っても別にネガティブな何かがある訳じゃないが、一人になって初めて、自分がそれなりに緊張していた事に気が付いた。

まあ、普通に考えてみればそりゃそうか。皆で温泉旅行なんて普通に考えたら緊張するよな。

恐らく夜ご飯の時間だからか温泉は貸し切り状態で、それもリラクゼーションに一役買っている。気を抜いたらこのまま寝てしまいそうですらあった。

「…………浴衣……なんだよなあ……」

空っぽの頭で考えてしまうのは、どうしてもその事だった。

三人とも浴衣を持っていた。という事はつまり、浴衣で帰ってくるという事だ。

お風呂上がりの三人が、浴衣姿で。

「いや、大丈夫か俺……マジでしっかりしろよ……」

間違っても変な事を言ったりするんじゃないぞ。いくら旅の恥は搔き捨てといっても限界がある。理性を強く保たなければ。

……とはいえ。

「…………自信ねえ……」

何せ完全に初見なんだ。いざ本人達を目の前にしてみない事には、未来の自分の行動に対して何一つ保証が出来なかった。

「一旦外の空気吸うか……」

　ドアを通って外の露天風呂へ。夏だから空気はそれなりにもやっとしていたけど、気持ちのいい風が俺の身体(からだ)を冷やしてくれる。

「……とにかく、何事もなく終わりたい」

　俺の願いはそれだけだ。楽しみな反面、怖くもある。このまま、まったりと過ごせればそれが一番だろう。

「………向こうも今頃温泉入ってるよな」

　言って、後悔した。そんなの想像するなって方が無理な話だった。俺は必死に頭を振って変な想像を追い出す。

「ああもう、誰か助けてくれ……」

　温泉から上がる頃には、俺は入る前より疲弊していたのだった。


　部屋に戻ってみると、まだ女性陣の姿はなかった。その方が心の準備が出来ていい気がしたし、どれだけ時間があったって心の準備なんか出来やしないからもういてくれた方がいい気もした。

「………」

　やる事もないので座椅子に座る。落ち着ける訳もなく、ゆらゆらと左右に揺れてみたり備えつけられている茶葉の成分表を見たりしてみた。何一つ頭に入ってこない。

……皆はあとどれくらいで帰ってくるんだろうか。

女性の方がお風呂は長いだろうし、あと三十分くらい？

それとも、もうすぐそこまで来てたりするんだろうか？

ああもう落ち着かない。心の底からそわそわしている。早く楽にしてくれよ。

俺は姿見の前に立ち、自分の浴衣姿を眺めてみる。何かおかしい所はないだろうか、そう思ってチェックするのももう三回目だ。「浴衣　着方　男性」で検索した通りに着ているのでおかしい所はないはずだけど、何度見てもしっくりは来ない。もしかしたら、俺に浴衣は似合わないのかもしれない。

そう思った時だった。

「気持ち良かったわねえ」

「本当に。疲れが飛んでいきました」

「ねえ、私変じゃない？　大丈夫かな？」

玄関の方が急に騒がしくなる。慌てて姿見の前から退散し、座椅子に滑り込む。浴衣姿の三人を想像して、背筋に電撃が走った。

タッチの差で、襖が開く。

「蒼馬くん。もう戻ってたのね」

三人が現れた。

瞬間、言葉を失う。どうしようもなく見惚(みと)れてしまう。

………何か言わなきゃ、その思いが俺を我に返した。

「俺もさっき戻ってきた所です」

嘘だった。本当は、かれこれ二十分以上そわそわしていた。そしてそれは今ピークを迎えようとしていた。

「蒼馬(そうま)くん、浴衣似合ってる」

「そうかな？　真冬ちゃんも似合ってるよ」

　これは本当だった。皆、とんでもないくらい似合っていた。

　僅かに上気した肌が、浴衣の色気を引き立てている。ひよりんが隣に座ると、ちらりと紅潮したうなじが見え、どうしようもなく艶(なま)めかしかった。真冬ちゃんはいつにもまして凜(りん)とした印象があるし、静(しずか)も何故(なぜ)か内股で必死に裾を押さえているけど可愛かった。

「お、おちつかない……」

　静が、まるで精密機械を身体に身に付けているのか、というような慎重さで座椅子に座った。さっきからあいつは何をやっているんだろう。静が変なのはいつもの事だけど、それとも何か違う気がした。

　こういう時、改めてしっかりと感想を言った方がいいんだろうか。俺自身が気になっているように、向こうも自分の浴衣姿が似合っているか、気になってたりするんだろうか。

　俺が迷っていると、ひよりんが口を開いた。

「蒼馬くん、男湯ってどんな感じだった？　海は見えた？」

ずい、とこちらに上体を傾けてくる。当然俺は目を逸らした。浴衣でそんな事をされては、こっちはひとたまりもない。

「海ですか？　いや、こっちは山側だったので見えなかったです。そっちは見えたんですか？」

「うん、凄く良い眺めだったわよ。丁度この部屋から見えるような感じで」

目を逸らしたら、今度はシャンプーのいい香りが俺を襲った。これは防御のしようがないので俺は歯を食いしばって昂る気持ちを抑え込む。

「そうだったんですね。確か朝に男女入れ替えだった気がするので、明日起きられたら行ってみます」

「是非行ってみて。きっと感動するわ」

ずっと目を逸らしながら話すのも感じが悪いし、何より意識しているのがバレバレになってしまう。何とか自然な感じを装いながら、俺はひよりんの方へ頭を向けた。

そして、思い切りひよりんと目が合った。

ひよりんは、俺と目が合うとすっと目を細めて笑った。

「蒼馬くん、浴衣似合うわね」

「そ、そうですか……？」

「ええ、綺麗に着られてるわ」

とりあえずは一安心だった。何度も確認した甲斐があった。

「実はネットで検索したんです。浴衣の着方ってピンと来なくて」

「そうだったのね。因みに私っておかしな所ないかな？」

そう言って、ひよりんは真面目な顔をして軽く手を広げる。完全に墓穴だった。これでもう、しっかりと見るしかなくなった。

ひよりんの浴衣姿は、一言で言えば「色っぽい」に尽きた。

さっき浴衣について検索した所によると、どうやら浴衣というのは基本的に胸の大きい女性は似合わない、と言われているらしい。その理由は帯にあるようで、身体の凹凸を隠してしまうから、胸の大きな女性は結果的に太って見えるらしいのだが、ひよりんは全くそんな事がなかった。寧ろ、帯によってウエストが押さえられている分いつもより細く見えたし、そのせいで胸が強調されている気もした。

はっきり言って、完全にお手上げだ。

「全然おかしい所はないですよ。似合ってます」

口が死ぬほどむず痒かった。身体中の血液が表情筋に集まっているような感覚。自分がどんな顔をしているのか、全く想像がつかない。鼻の下が伸びていない事だけを祈った。

ひよりんは俺の言葉を聞いて、ホッとしたような表情を浮かべた。そんな仕草すら色っぽく見えてしまう魔力が今のひよりんにはある。

「ね、ねえ……私は？」

お互いに浴衣姿を褒め合って、何となく気恥ずかしい空気を感じていると、対面から声が飛んできた。

　俺は声の主に視線を向ける。ひよりんよりはまだ直視するハードルが低い。

「……静、お前はなんでそんなに裾を押さえてるんだ？」

「そっ、それは……初めて浴衣を着たから変な感じなのよ」

「そうなのか。あんまり引っ張ると崩れるから、触らない方がいいぞ？」

「えっ、そうなの!?」

　静はバッと手を離した。でもやっぱり気になるようで、押さえるように手を太腿の上に置く。まるでミニスカートでも穿いているかのようだったが、浴衣は足首までしっかりと隠している。

「まあ、似合ってるか似合ってないかで言ったら、似合ってる。安心していい」

　本当は似合ってるどころかしっかりと可愛かったけど、それを伝える度胸もなければ、言うシチュエーションでもない気がした。

「よ、良かった……」

　静がほっと胸を撫でおろす。

　ひよりんが似合っていた事で既に何の信用もなくなっていたものの、さっきの検索結果によれば胸の小さな女性の方が浴衣は似合うはずなので、それでいえば静は浴衣が似合うに決まっていた。その中間のような体形の真冬ちゃんも似合っているので、結局の所、女性の浴衣姿というのはそれだけで素晴らしいという事なのかもしれない。

「蒼馬くん、夜ご飯、そろそろじゃない？」

　真冬ちゃんが時計を見ながら言う。確かに丁度いい時間だった。夜ご飯は会場でのビュッフェ形式なので、そろそろ移動した方がいい。

◆

　女将さんから受けた説明では、この旅館は相当夕食に力を入れているらしいのだが、確かに目の前に広がる景色は中々に凄かった。

　受ける印象は、まるでパーティ会場。広々として明るい会場には、所狭しと色々な食べ物が並んでいた。見上げれば、大きなシャンデリアがいくつも吊り下がっている。

「ステーキ、目の前で焼いてくれるんだって！」

「アルコールも飲み放題なのよね？　まるで天国だわあ」

「私は蟹が気になるわね。お寿司も沢山あるみたい」

　受付を済ませ、指定のテーブルに案内された俺達は、早速思い思いのフードを取りに繰り出した。スイーツやデザートも沢山あったんだが誰もそこに言及しなかったのが何とも俺達らしい。

　静は一目散にステーキコーナーに早歩きで駆け出し、真冬ちゃんは海鮮コーナーへ。ひよりんはどうやら天ぷらコーナーへ向かっているらしい。天ぷらも目の前で揚げてくれるのか。

ここまで豪華だと、胃袋を何で満たすかのマネジメントが大切になってくるな。何もかも美味しそうだけど、手当たり次第に食べていては本当に食べたいものが食べられなくなる。ビュッフェ形式は取捨選択が鍵を握っている。その為には、まず全容を把握する所から始めよう。

まずは真冬ちゃんがいる海鮮コーナーへ。俺に気が付いた真冬ちゃんが話しかけてくる。

「蒼馬くん、これ、ズワイじゃなくてタラバだよ」

真冬ちゃんが指差す先には、山のように積まれた蟹の脚。そのどれもが俺の親指より太い身を付けている。

「マジか。タラバってズワイの二倍くらいするよな……」

流石は高級旅館といった所か。カニ食べ放題のホテルには何度か行った事があるけど、タラバガニは初めてだった。普段は中々手が出せないし、この機に是非とも食べておきたい。俺は自分のお盆にいくつか載せた。流石に全てを見回るまでもなく採用だ。

真冬ちゃんと別れ、中華のコーナーを経由し、ステーキコーナーへ。じゅうじゅうと唸る鉄板の向こうではコックさんが分厚い肉を切り分けている。間違いなく採用だ。最後に焼きたてを貰っていく事にしよう。

驚くべき事に、このビュッフェ会場にはピザ窯があった。ピザも焼きたてが食べられるらしい。

「見て見て蒼馬くん、ピザ焼いてるよ！」

　静が楽しそうにピザ窯を指差す。静のお盆にはステーキの皿が三つも載っていた。一皿に一口大の分厚いお肉が四切れ載っているから、これだけで十二切れだ。めちゃくちゃ胃もたれしそうだけど大丈夫なのか？

「私、お肉は別腹だからね～」

　聞いてみると、そんな答えが返ってきた。静は丁度自分のピザを焼いて貰っている所らしいので、別れる。ステーキにピザとは、何とも静らしいチョイスだな。

　ライブキッチンコーナーも一通り見て回り、前菜のコーナーへ。そこにはひよりんがいた。

「ひよりさんは何を取ったんですか？」

　ひよりんは丁度生ハムの小鉢を手に取っていた。モッツァレラチーズを生ハムで包んで、上からバジルソースがかかっている。美味しそうだな、これ。

「私はお酒のおつまみばかりよ。美味しそうなのが多くて困っちゃうわね」

　そういうひよりんのお盆は、確かに酒飲みセットだった。天ぷら、刺身、唐揚げ、そして生ハム。ビールと日本酒とハイボールとワインが合いそうだ。幸い、この会場では全て飲み放題である。

「俺もお酒付き合いますよ」

俺は生ハムを一つ自分のお盆に載せた。

デザートコーナーは今は見る必要はない為、これで粗方見終わった事になる。

「うーん……」

ステーキ、蟹、生ハムが今のスタメン。お酒を飲むなら中華コーナーの小籠包(ショウロンポウ)は欲しいか。目の前で握ってくれるお寿司も外せない。あとは一人用の鍋コーナーにしゃぶしゃぶもあったな。

「……よし」

目的地が決まったので、俺は目当ての物をお盆に載せていく。全てを取り終えテーブルに帰ってくると、三人が食べずに待ってくれていた。

「ごめん、お待たせ」

椅子に座ると、ひよりんがドリンクメニューを見せてくる。

「私と静ちゃんはビールにするけど、蒼馬くんはどうする？」

「お、静も飲むのか。じゃあ俺もビールでお願いします」

「私も」

「真冬ちゃんはダメでしょ」

可愛そうだがこればっかりは仕方がない。

注文すると、すぐにビールとウーロン茶が届いた。特に打ち合わせもなく皆がグラスを掲げる。

「それでは、俺達をここに連れて来てくれた真冬ちゃんの合図で」

「私？　じゃあ、乾杯」

　真冬ちゃんらしい簡素な合図で、俺達はグラスをぶつけ合った。


　やはりというか何というか、最初に脱落したのは静だった。

「お腹いっぱい……ステーキ食べ過ぎたかも……」

「正直絶対そうなると思ってた」

「私も。一目で取りすぎって分かったもの」

　そう言いながらも、代わりに食べてあげていた真冬ちゃんは優しい。単に取りに行くのが面倒だっただけかもしれないが。

「結構すぐお腹空くタイプだから、後でもう一回取りに行こうかな……」

　この会場は二時間制で、まだ三十分ほどしか経っていない。間食タイプの静ならここからの復活も充分ありえる。

「とりあえずアイスでも食べて口の中リセットしたらどうだ？　デザートも沢山あったぞ」

「そうしようかなあ。ちょっと物色してくるね」

　静が立ち上がり、歩き出す。普段飲まないビールを飲んだものだから少し足取りが怪しい。こりゃ付いていった方がいいか。

「俺も適当に何か取ってきますね」

　速足で静に追いつく。静は自分が酔っている事に気が付いていないのか「どうしたの？」と訊いてきた。

「俺もアイスが食べたくなったんだ」

　食べたいかと訊かれたら全く食べたくはないけど、気分によらずアイスは美味しいから別にいいだろう。

「そうなんだ。美味しいよね、アイス」

　静は結構、いやかなりのアイス好きだ。自宅の冷凍庫には常にいくつものアイスが入っているし、夕食後、たまに俺のアイスを勝手に食べたりもする。その度に俺は静の家からアイスを拝借している。

「蒼馬くんさ、ちょっと訊きたい事があるんだけども」

　丁度シュークリームの横を通過した時だった。まるで明日の天気でも訊くような投げやりさで静は口を開いた。

「何だ？」

「蒼馬くんってさ…………エッチな下着、好きでしょ？」

「…………は？」

　質問の意図が全く分からない。分かるのは静が酔っている事だけだった。

　内容の割に、静に恥ずかしがるような様子は全くない。こういう話題、静は苦手な筈なんだがな。俺が洗濯しているのに、未だに下着を見られるのを恥ずかしがるくらいだ。

「男の人って、そういうの好きなんでしょ。私知ってるんだから」

真顔でそんな事を言う静の脳内がどうなっているのか、俺は想像する事も出来ない。そうこうしているうちに俺達はアイスコーナーに辿り着いた。どうやら市販の有名高級カップアイスが食べ放題らしい。

「え、ダッツ食べ放題なの!?　すごっ！」

静はケースを開け、アイスを手に取った。クッキー&クリーム味だ。俺はストロベリー派なので相容れないな。俺はストロベリーを一つ取って、ケースを閉じた。

「で、どうなのよさ」

アイスで話題が流れたと思ったけど、そんな事はなかった。どうやら酔った勢いで変な事を訊いている訳ではなく、結構真面目な質問らしい。

「エッチな下着？　まあ、嫌いではないいんじゃないか？　分からないけど」

そもそも、エッチな下着って何なんだ。定義が広すぎる。

「やっぱりそうなんだ……あの店員さんが言ってたのは事実……」

静が何やらぶつぶつ呟いている。

「まあでも、結局大事なのは人だと思うな。別に、エッチな下着を着てるからってその人を好きになる訳でもないし。好きな人が着ていたら、そりゃ物凄いだろうけど」

どうして俺はこんな事を真面目に説明しているんだろうか。静がどれくらいの真剣さでこの話を始めたのか分からないせいか。これでただ酔ってるだけだったら、俺はいらん恥を掻いた事になってしまう。

「……じゃあ、私が」

「ん？」

静の声は消え入りそうなくらい小さくて、聞き取る事が出来なかった。

「……何でもない！　変な事訊いてごめんね、蒼馬くん」

「いや、別にいいけどさ」

変な事を訊いているという自覚はあったのか。それならまあ、心配するほど酔ってる訳でもなさそうだな。

六章　二人だけの夜さんぽ

夕食を終えた俺達は、部屋に戻ってまったりとした時間を過ごしていた。それなりに身体(からだ)は疲れているけど、寝るには流石に早すぎる。そんな雰囲気だった。

静は酔いも覚めたようでいつもの調子に戻っているし、ひよりんもまだ我を失ってはいない。浴衣姿で酒乱モードになられた日には俺の理性も崩壊してしまうかもしれないので、本当に助かった。

「うーむ……」

静は落ち着かないのか、うろうろとテーブルの周りを回っている。まるで皆の浴衣姿を見る前の俺みたいだな。静も何かに悶々(もんもん)としているんだろうか。そんな風には見えないが。

静はおもむろに立ち止まると、口を開いた。

「ねえ、卓球やりにいかない？」

どうやら静は元気が有り余っているだけだったらしい。

そんな静の提案は、一瞬で却下された。

「嫌。もう汗かきたくないもの」

「私もそこまでの元気はないかなあ」

「俺も流石に今からはキツいかな……」

食後だし、お酒も少し入っている。正直あまり動きたくはなかった。

全員に即答で断られた静は、落胆するのかと思いきや何故かニヤニヤしながら俺に近付いてきた。何とも不気味だったが、浴衣姿なので可愛い。

「ふっふっふ……蒼馬くん、逃げきれたと思っているね？」

「いやいや、行かないぞ？　トランプならやってもいいけどさ」

静に頼まれるとどうにも断れない俺だが、今はこの心地好い疲労感と共にまったりしていたい気分なんだ。

足を前方に投げ出してリラックスしてますよアピールをする俺をよそに、静は目の前までやってくると、物語終盤の名探偵のようにビシッと指を突き付けてきた。その様が何とも似合ってなくて、もし静がミステリーに出演する事になったとしても間違いなく名探偵役ではないな、と思った。少しおっちょこちょいな相棒枠がぴったりだ。

「トランプ！　良い事を言ったね……蒼馬くん、トランプなんだよ」

何が言いたいのか分からず口を開こうとして――思い当たった。

「まさか」

「その通り！　私は『何でも一つお願いを聞いてくれる権利』を発動！　蒼馬くんを卓球場に連行するよ！」

「………マジかよ」

完全に忘れていた。新幹線内のババ抜きにて、静はその権利を獲得していたんだった。

元々は静がいきなり言い出した事で、俺はそれに納得していた訳ではなかったから、別に律儀に守る謂れもないといえばないんだが、ここまで楽しみにしている静をがっかりさせるような事もしたくない。

動きたくないという欲求と、静の笑顔を天秤にかけ……俺は溜息を一つついて立ち上がった。

「しゃあない、行くか」

「さっすが蒼馬くん！」

「念のため聞きますけど、行かないですよね？」

二人に問いかけるも、二人とも示し合わせたように首を横に振る。

「ですよね。じゃあ、ちょっと行ってきます」

「ごーごー！」

静に背中をぐいぐいと押され、俺達は部屋から出た。

◆

受付で道具を借り、俺達は卓球場にやってきた。広い部屋の中には卓球テーブルが二つだけ設置されていて、その間を緑色のネットが遮っている。壁際には一人用のソファがいくつも置かれている。隅には自動販売機も設置されていた。

幸い利用者は誰もいないようで、貸し切り状態だ。道中にあった麻雀(マージャン)ルームとカラオケスペースは賑(にぎ)わっていたようだったけど、卓球は人気がないらしい。皆、食後は動きたくないんだろうな。

早速、といった様子で静がテーブルの対面に移動する。卓球は体育の授業で何度かやったくらいで完全に初心者なんだが、どうやら静もそうらしい。どう見ても経験者ではないフォームでこちらにボールを打ち出した。静のサーブは明らかに高さが足りておらず、ネットに辿り着くまでに三回ほどバウンドした後、力なくネットに寄り添った。

「静、卓球やった事あるのか？」

「んにゃ、全然ないよ」

「だろうな。多分それラケットの握り方が違うぞ」

俺もよく分からないが、確か卓球のラケットは大きく分類すると二種類あって、静が使っているものはちょっと変な握り方をしないといけないタイプのはずだ。

「えっ、そうなの？　何か太いなーとは思ったんだけどさ」

スマホで調べたらすぐに出てきた。静が使っているのはペンホルダー型というらしい。ペンを握る様に握るのが特徴で、器用な人に向いているとの事。

握り方を見せてやると、静は何度か素振りをしてしっくり来たような表情を見せた。

「いくよー……ほっ！」

静が叩きつけるようにボールを打つ。今度は綺麗にワンバウンドでこちらのコートに来た。射的の時も思ったんだけど、静って体力がないだけで意外に器用だよな。片付けが出来ないのは器用とか器用じゃないとかじゃなくて性格の問題だろうし。

慎重にボールを返すと、コツを掴んだのかしっかりとボールが返ってくる。初心者二人ではあるものの何とかラリーの形になっていた。

「気になったんだけどさ」

静はラリーしながら喋る余裕すら出てきたらしい。稀代の才能が発掘された瞬間を俺は目撃しているのかも。

「なんだ？」

「ビュッフェとバイキングって何が違うの？」

「ん？　ああ、夜ご飯ビュッフェだったもんな」

「うん。あれってバイキングじゃないの？」

静の疑問は実は的を射ていて、あれは正確にはビュッフェではなくバイキングだった。

「その認識であってるぞ。ビュッフェにも色々あるんだが、一番大きな違いはいくら食べても料金が変わらないのがバイキングで、食べた分だけ料金が加算されていくのがビュッフェって感じかな。今日のに関してはいくら食べても料金は変わらないから正確にはバイキングなんだが、ビュッフェの方が高級感があるからそうしてるんじゃないかな」

「ふーん、そんな違いがあったんだね」

「本当はな。ちゃんと使い分けられてるとも思えないけど」

「ここもビュッフェだったもんね。それにしてもステーキ美味しかったなあ」

「めっちゃ食べてたもんな」

ステーキにより一度ダウンした静だったが、復活した後にまたステーキを食べていた。恐らく今、静の胃袋の中は殆どがステーキなんじゃないか。そして残りはピザとハンバーグ。これで太らないというんだから凄い。

「私、旅館のバイキングってそんな凄いイメージなかったからめっちゃびっくりしたよ。まさか目の前で焼いてくれるとは」

コックさんがステーキを焼いてくれ、板前さんが寿司を握ってくれたからな。この旅館の売りというだけの事は充分にあった。

「ここが特別凄いんだとは思うけど、確かにびっくりしたな。真冬ちゃんも珍しくお腹一杯になってたし」

いつもは腹八分目で終わっている真冬ちゃんだが、今日は珍しく満腹まで食べていた。静のステーキを手伝った事も大きいと思うけど、最後はタラバの殻がてんこ盛りになってたからな。あんなに蟹が好きだとは知らなかった。

「ひよりさんもお酒一杯飲んでたしね」

「だな。十杯くらい飲んでたんじゃないかな」

お昼から飲んでいるのに、それでケロッとしてるんだから凄い。

「私ももうちょっと飲めば良かったかなー」

「やめとけ。結構酔ってたぞ」

「え、全然酔ってなかったよ私」

静は意外そうな表情を浮かべた。こつんとボールを打ち返してくる。

「いや、アイス取りに行った時フラフラしてなかったか？」

「あれは浴衣が歩きにくかったのよさ」

「そうだったのか」

てっきり酔っているんだと勘違いしていた。

「…………ん？」

でもそうすると、酔ってないのに変な事を訊いてきたって事にならないか？

エッチな下着がどうとかっていう。

気になったけど、流石に掘り返す話題でもないか。俺は雑念を振り払うようにボールを打ち返した。

三十分ほど俺達は卓球を楽しんだ。汗をかくまではいかないけど、いい運動になったと思えるくらいの絶妙な疲労感。何だかんだ食後の運動に最適だったな。だから旅館には卓球場があるのかもしれない。

「いやー、面白かったねえ」

「だな。久しぶりだったけど思ったよりラリー出来たし」

「私も結構上手くなかった？　びゅーんってボール何回か打てたしさ」

「あれはびっくりしたわ。もしかしたら才能あるのかもしれないぞ」

言ったところで、静が足を止めた。丁度卓球場を出た所だった。

「……バイキング会場って、もう戻れないよね？」

そんな事を訊いてくる。

「どうした？　忘れ物か？」

「いや、そうじゃないんだけどさ。アイス食べたいなって」

「アイス？」

予想外の言葉につい聞き返してしまう。

「さっき食べてなかったか？」

確か会場を出る直前にも「締めのアイスだー」とか言いながら食べていたような。

「そうなんだけどさ、運動したらアイス食べたくなっちゃって。蒼馬くんは食べたくないの？」

「まあ食べたいかと訊かれると……」

口の中に想像のアイスを放り込んでみる。今の気分はラムネ味だ。爽やかな風味が口の中に広がっていく。

「……食べたい。でも流石に一度出たら戻れないと思うぞ」

「やっぱりそうだよねえ。自販機とかないかなあ」

　ちら、と卓球場の自販機に視線を向ける静。残念ながらそこは飲み物オンリーだ。がっくりと肩を落とす。

「んあー、強烈にアイスの口になっちゃった。自販機巡りするしかないのかなあ」

「それならコンビニに行くか？」

　咄嗟（とっさ）にそう提案していた。どうも静が困っていると助けたくなってしまう。最早（もはや）そうするよう本能に刻まれているような気もした。

「コンビニ？」

「花火買ったコンビニだったら十分くらいで行けるだろ？」

「……いいの？」

　静が申し訳なさそうに上目遣いで俺を見上げる。

「食後の運動がてらな。それに、俺もアイス食べたくなってきたし」

　半分嘘（うそ）だった。アイスは食べたいけど、外に出てまでかと言われるとそんな事はない。だけどそこに静が困っているという条件が加わると、本当になってしまうんだ。

「！　じゃあ行こ行こ！」

　静がぱあっと笑顔になる。どうして俺はこんなにも静に弱いんだろう。静が困っていると、どうにも放っておけない。

◆

俺達は一度部屋に戻り靴に履き替え、コンビニに向けて出発した。

「浴衣で外に出るの、何か変な気分だね」

「だな。落ち着かないというか」

浴衣デートなどというキラキラした催しに参加した事など勿論ないので、初めての体験だった。下半身周りがフリーなのがどうにも慣れず、まるでスカートを穿いているような気分。

そして何より、静と二人で外を出歩いているというこの状況こそが、俺をそわそわさせていた。

坂を下りて、堤防沿いの道を歩く。生暖かい夏の湿気と潮風の匂いが混じった空気が肌をじっとりと濡らしていく。

「うわー、肌がベタベタしてきた！　お風呂ってまだ入れたっけ？」

「十二時くらいまで入れたはずだぞ。俺も入ろうかなあ」

「どうせだったら沢山入っときたいもんね」

「珍しいな、静がそんな事言うなんて。お風呂嫌いじゃなかったか？」

「ど、どうしてそれを」

「お前の服を洗濯してるの、誰だと思ってるんだ？」

こういう事を言うと変態みたいなんだが、洗濯物でいつ風呂に入ったか丸わかりなんだよな。

「ぬおお、恥ずかしい……」

静は頭を抱えて悶えだした。洗濯物を見られる事より、洗濯を他人に任せている事の方が恥ずかしいと思うんだが、口にはしない。俺がやってしまうせいで静がこうなっているという可能性もあるからだ。もし誰もやる人がいなかったら流石の静も家事を覚えるだろう。

「………あ」

まるで家についた瞬間に買い忘れに気が付いた時のような声を出して、静が顔をあげた。

「こ、これからは洗濯は自分でやろうかな……」

などと殊勝な事を言い出す。

「一体どんな風の吹き回しだ？」

これまで散々自分でやれと言ってきた作業も、いざそう言われると寂しくなる――事など全くなく、素直に嬉しい。

いつまでも今の生活が続く訳じゃない。俺が静にやるべきは、静の家事を代わりにやる事ではなく、静が一人で生活出来るように育成する事だ。その方が静の為になる。

「いや、やっぱり洗濯くらい自分で出来た方がいいのかな、とふと思ってさ……あはは」

「し、静……」

言葉が出ず、目に涙が浮かびそうになる。まさか静が自分からそんな事を言いだすなんて。もし自分に子供が出来て独り立ちしたらこんな気持ちになるんだろうか。

「ま、まあすぐに止めちゃうかもしれないけどね、大変そうだし」

「少しずつでいいんだ……出来る事からやっていこうな……！」

「う、うん……何かごめんね、いつも」

「何を謝る事がある。俺は嬉しいよ」

理由は分からないが、静が家事に前向きになった。これ以上に嬉しい事はない。


話しているうちにコンビニに辿り着いた。空調の効いた爽やかな空気が浴衣の中に入り込んできて、汗なのか湿気なのか分からないものがすっと引いていく。レジにいた店員が「いらっしゃいませー」と一瞬俺達を見て、すぐに興味を失ったように視線を外した。温泉街だけあって浴衣姿は珍しくないらしい。

アイスコーナーに移動して冷凍庫の中を物色していく。静が何を探しているのかは分からないが、俺は今ラムネアイスの口だ。ざっと端から見てみた限りラムネ味のアイスは一つだけあった。高校生カップルがよく半分こしているという噂の、ドリンク型の容器が二つくっついたあのシャーベットだ。正確にはホワイトサワー味らしいが、似たようなものだろう。

俺が手を伸ばすのと同時に、横から手が伸びてきた。静だ。ホワイトサワーの上で、俺達の手が重なる。

「あ、蒼馬くんもこれ……？」

「そのつもりだけど……」

　何とも切れの悪い会話をする俺達。その理由は恐らくお互いに同じだった。このアイスは二つに分かれているんだ。

「じゃあ半分こしない？」――その言葉を、言うべきかどうか迷っている。

ちら、と静と目が合う。目が合って、静はさっと逃げるように視線を逸らす。

物凄く長く感じられた時間は、実際にはほんの一瞬なんだろう。だけどこのむず痒い気まずさに耐えきれず、お互いに口を開いていた。

「半分こしない？」

「半分こするか？」

　お互いに顔を見合わせる。

　ポカンと口を開いた静の顔が、氷が溶けだすように、ゆっくりと笑顔に変わった。

「あはっ、あははははっ！……なんか馬鹿みたいだね、私達」

「全くだな。これ食べながら帰ろうぜ」

　店員の生暖かい視線を浴びながら、アイスを買って外に出た。大変お騒がせしました、と心の中で謝っておく。

「ほれ、静の分」

連結部分のビニールをちぎって、半分を静に渡す。

「んむ、あんがと」

静はアイスを受け取ると、勢いよく蓋をちぎった。そして蓋に残ったアイスに口をつける。

「私、この蓋の部分好きなんだよねー」

ずごごご、と奇怪な音を立てながら静がアイスを吸い出す。お世辞にも行儀がいいとは言えないが、俺以外見ていないので問題はない。

「分かる。何か美味(うま)く感じるよな」

俺も蓋に口をつけ、歯で押し出す様にしてアイスを口に運ぶ。酸味のある爽やかなシャーベットが口の中に広がった。このちょっとした部分が、何故(なぜ)か美味(おい)しい。

アイスのメイン部分に口をつけながら、どちらからともなく歩き出す。堤防沿いの道はぽつぽつと街灯があるだけで、基本的には薄暗い。気を付けないとちょっとした段差で躓(つまず)いてしまいそうになる。

「ねえ、ちょっと海見ていかない？」

丁度海側に出る階段の傍(そば)に差し掛かった所で、静が足を止めた。

「暗くてよく見えないと思うぞ？」

月は綺麗(きれい)に出ているけど、明かりといえばそれくらいだ。街灯の光も堤防の向こうまでは届かない。

「それでもいいからさ。ちょっと行ってみようよ」

俺の返事を待たずに静が階段を上がっていく。後を追うと、静は階段を下りた所で待っていた。大きな流木の上に乗っかってバランスを取っている。

「結構本格的に暗いな……静、足元気を付けろよ」

スマホのライトを使って砂浜を照らす。海岸は平気で金属やガラスが落ちてるからな、こけでもしたら大変な事になりかねない。

「分かってる……よっと！」

静が流木の上からジャンプして砂浜に着地した。言ったそばから危ない事をするな。

「うーん、やっぱり海はいいねえ」

静が波打ち際の方へ歩いていく。俺はどちらかと言うと夜の海には怖いイメージがあるんだが、静はそうでもないらしい。波の音とか結構怖いと思うんだけどな。

静はギリギリ波が来ない所で足を止めた。アイスを口にくわえながら、じっと海を見つめている。スマホの小さなライトで照らされた静の顔は、柄にもなく真面目な表情だった。

静は今、何を考えているんだろう。同じ景色を見れば分かるかもしれない――そう思った俺は、隣に立って同じように海を見つめてみる事にした。アイスはもう殆ど溶けて、ジュースのようになっている。

黒い波が行ったり来たりして、その度に地の底から響くような波の音が叩きつけられる。何度も、何度も、それを繰り返す。

…………やっぱり、夜の海は怖い。単純に危険だし、何か得体の知れない物を目の前にしているような気持ちになる。

「…………私ね」

静がポツリと呟いた。

「こういうの、初めてなんだ」

「こういうの？」

何を指しているのか分からず聞き返す。何せ、今の状況は俺にとっても初めての事だらけだった。浴衣姿で外を歩くのも、女の子と二人でアイスを食べながら歩くのも、夜の海をじっと眺めるのも。

「友達と旅行に行くの。だからね、今日は凄く楽しかった」

「――――ああ、そういう事か」

それは意外なような気もしたし、そうでもない気もした。明るい性格の静は友達が多そうだけど、出不精な一面もある。

「修学旅行は勿論行ったんだけどね。あれはほら、先生もいるから少し違うでしょ？」

「そもそも学を修める為の旅行だからな。百パーセント遊びって感じにはならないよな」

少なくとも、こんな風に夜出歩いて海を見るなんて事は出来ない。

「だからね、初めてだから……全力で楽しみたかったの」

「それで今日はパワフルだったのか」

　思えば、お昼に旅館に着いた段階で静はへばっていた。なのに午後は元気そうだったし、花火の時も一番騒いでいたし、卓球までやった。あれは静なりに全力で遊ぼうとした結果だったんだな。

「次、またいつ行けるか分からないでしょ？　ひよりさんはお仕事忙しいだろうし、二人は大学もあるしさ。よく分からないけど、蒼馬くんは就職活動もあるって聞いたよ？」

「聞いたよ？って……誰からだ？」

「真冬。お兄ちゃんはそろそろ忙しくなるから、少しは自分で家事出来るようになりなさいって」

　まさか二人の間でそんなやり取りがあったとは。

　否定してあげたい所だったけど、残念ながら真冬ちゃんが言っている事は事実だ。俺自身もどれくらい忙しくなるのかいまいち分かってないが、少なくとも今よりは時間がなくなる事は間違いない。来年になれば卒論だってある。蒼馬会だけは何とか続けていこうと思ってるけども。

「そうだなあ。静が家事出来るようになると助かるかも」

　もしかして、さっき静が自分で洗濯するって言い出したのはそれがあったからか？　だとするなら、真冬ちゃんにお礼を言っておかないといけないな。真冬ちゃんだって、そんな事をわざわざ言いたくはなかっただろうし。

「……私、蒼馬くんに甘えてたんだなあ」

しみじみと噛み締めるように静が呟く。

確かに、静は俺に甘えていたのかもしれない。でも、それは悪い事ではないんだ。それだけは伝えないといけない。

「甘えても、いいんじゃないか？」

「え……？」

静が顔を上げる。

「別に、静の事を迷惑に思った事なんて一度もないぞ？　これからは少し忙しくなるから、その間だけ家事をやってあげられなくなるかもってだけの話でさ。静が俺に甘えてたっていうなら、俺だって静を甘やかしてた訳だし。そこはお互い様だよ」

静がこうなってしまったのは俺のせいでもある。だから、静が責任を感じる必要はどこにもないんだ。

「家事スキルはあるに越した事ないから、静が家事を覚えるのは大歓迎だけど、俺に頼るなって言いたい訳じゃないからな？　ご飯だって今まで通り作るつもりだし。そこだけは勘違いしないでくれると嬉しい」

「そ、蒼馬くぅん……！」

「うおっ!?」

静が涙目で俺にしがみついてくる。

「ほんとーにありがとねえ……」

「ちょっ、静!? 分かったから離してくれ！」

振り払おうとすると、静は余計くっついてきた。

「ううっ……わたしねえ……！　もうそーまくんのごはんたべられないのかとおもってねえ……！　しょっくだったんだよぉ……！」

うわーんと声をあげて、静が本格的に泣き出してしまった。どうする事も出来ないが、とりあえず背中を擦ってみる。これで泣き止んでくれるといいんだが。

「そんな事考えてたのか……安心していいぞ、蒼馬会はずっと続けていく予定だから」

「うん……うん……！」

暫くそうしていると、静は徐々に落ち着きを取り戻した。ゆっくりと俺の浴衣を離して涙を拭う。

「……ありがと、落ち着いた」

「うん。悪かったな、不安にさせて」

……こいつも色々溜め込んでたものがあったんだな。普段は明るいから気が付かなかった。

「ううん、私が勝手に想像しちゃってただけ……この生活もずっとは続かないんだなあって考えたら不安になっちゃってさ……」

「そりゃ、いつまでもずっと続く訳じゃないけどさ。静、お前引っ越す予定あるか？」

「ううん……全然、考えてもないよ」

「なら大丈夫だ。俺も引っ越す予定はないから。少なくとも、その間は今の生活は変わらないよ」

社会人になって親の援助なしに今の家賃が払えるかと訊かれると、正直かなり怪しいけど。そこは俺が頑張るしかない。俺だって今の生活を続けたいんだ。それに、主宰が抜ける訳にもいかないしな。

「そうだね………よし！　しんみりしたの終わり！　ごめんね、蒼馬くん！」

まだ少し声は震えていたけど、静は笑顔を作った。だから、俺も笑顔を返す事にした。

この話はここで終わりだ。

「それじゃ、そろそろ戻ろうか。あんまり遅いと二人が心配するし」

踵を返して、怖い夜の海からサヨナラする。

すると、少しだけ後ろに引っ張られるような感覚があった。振り返るまでもなく、静が俺の浴衣の裾をつまんでいるんだと分かる。

「えへへ……だ、ダメ？」

ダメな訳がない。そう伝えると静はやっといつもの笑顔に戻った。

作りものじゃない、自然な笑顔。

「なんか青春だねえ、こういうの」

また、こういうの、だった。でも今度は何を指してるのかはっきりと分かった。

「そうだな。こういうのも、偶には悪くない」

七章　オトナの時間

コンビニに行く前に一度部屋に寄った時、ひよりんと真冬ちゃんに「何か欲しい物ある？」と訊いたんだが、二人の返答は「何もいらない」だった。真冬ちゃんはともかく、ひよりんは絶対お酒を頼んでくるだろうなと思っていたので意外だったんだが、その謎はすぐに解けた。

「バー？」

「ええ。一緒にどうかなって」

ひよりんが館内の案内冊子を広げた。これによると、どうやら夜遅くまでやっているバーがあるらしい。小さな写真には、静かな隠れ家のような、かなり雰囲気の良いバーが写っている。勿論(もちろん)そんな所には行った事がないので少し気が引けた。

「行くのは構いませんけど……」

注意書きには未成年は利用出来ないと書いてあるし、静(しずか)は今大浴場に行っている。皆で行く事は出来ないんだよな。

「行ってきたら？　私、静と留守番してるから」

一緒に案内を見ていた真冬ちゃんがそんな事を言う。

「いいの？」

「うん。折角だし楽しんできなよ」

真冬ちゃんは興味を失ったように案内から視線を外し、「話は終わりよ」と言わんばかりにスマホを弄り始めた。

「……私はまた後で楽しませて貰うから」

「え？」

「何でもない。二人とも行ってらっしゃい」

真冬ちゃんに追い出されるように、俺達はバーに出発した。

◆

想像通りに、いや想像以上にバーは大人な雰囲気が漂っていた。

間接照明のみで照らされた店内は薄暗く、その中でカウンター付近だけがぼんやりと光っている。小さな店内にはカウンターとテーブル席合わせて二、三人ほどの客がいたが、暗がりの中では性別や年齢が何となく分かるくらいで、話し声も良く聞こえない。まさに隠れ家といった雰囲気だった。

俺達が奥のテーブル席（といっても仕切られている訳ではなく、壁際のソファの前にテーブルが置いてあるだけだ）に座ると、白い口髭をたっぷりと蓄えた体格のいいバーテンダーが水を二つ持ってきた。体格のせいで若者のようにも見えるし、髭のせいで壮年のようにも見える。ところで、こういう店は水もお金を取られたりするんだろうか。何も分からない。

「なんかいい雰囲気だね」

「そうですね……緊張してます」

雰囲気に押され自然とひそひそ声になる俺達。決して広くない店内の、更に隅っこに縮こまっているので、隣に座っているひよりんがやけに近く感じる。

……こう言ってはなんだけど、どの道この雰囲気の中に静は連れて来られなかっただろうな。あいつとはこういう静かな店より、うるさくて隣の席の声すら聞こえないような大衆酒場の方が楽しめる。

「お酒、何飲もっか？」

ひよりんがテーブルの上に置かれているメニュー表を開く。

ビール、ウイスキー、ラム、日本酒、そしてカクテル。知っている銘柄はほんの少ししかなく、あとは殆(ほとん)ど呪文だった。フードは生ハムやチーズ、ナッツなどのおつまみが少々あるくらいで、軽食の類すらない。まあビュッフェ会場であれだけ豪華な夜ご飯を出してるんだから、ここでご飯を食べようという客はいないか。

「あら、珍しいのが置いてあるわねえ」

メニューをなぞっていたひよりんの指が止まる。

「どれですか？」

訊いたところで分かる訳もないんだが、つい訊いてしまう。今はとにかく呪文の解説が欲しかった。

「このスプリングバンクっていうウイスキーなんだけどね、最近全然手に入らないの。ネットで買ったら定価の三倍くらいするんじゃないかしら」

「三倍ですか。それは……凄いですね」

「ウイスキーは最近どれも値上がりしてるんだけど、その中でもトップクラスに高くなっちゃった銘柄かな。私ももう数年は飲んでないもの」

「人気のある銘柄なんですね。値段は――」

そこで、メニュー表の異様さに気が付く。どうして今まで気が付かなかったんだ。必ずあるはずのものが、そこにないのに。

「――ひよりさん、このメニュー表……値段が書いてないです」

なんと、メニュー表には置いてあるお酒の名前しか載っていなかった。それは「値段を気にするような奴は来るな」という店側からのメッセージのように思えて、自分の場違いさを改めて実感させられる。きっとここは二十歳のガキが来るような店じゃないんだろう。

「あら、本当ね。こういうお店ってそういうものなのかしら」

緊張しっぱなしの俺とは裏腹にひよりんはいつも通りだった。外ではお酒を飲まないようにしていたひよりんだって、こういう店に来るのは初めてのはずなのに、俺と違って場に呑まれていない。普段の隙だらけの姿を見ているからついつい忘れそうになるけど、ひよりんは今をときめく人気声優。俺とは違い、こういう店に相応しい「大人の女性」だった。

「お金の事は気にしなくていいわよ？　私が奢るから」

「いや、でも……」

値段の分からない物を奢ると言われても流石に首を縦に振れない。お昼に海鮮丼を奢って貰ったばかりだし、奢られた金額に見合うものをひよりんに返せるとは思えなかった。

「私、これでも大人なんだからね？　それに今日は私が誘ったんだから。今日くらい蒼馬くんにお返しさせて欲しいな」

「お返し？」

「私、いつもお世話になりっぱなしでしょう？　私が返せるものってこれくらいしか思いつかないから」

「い、いやお世話だなんてそんな。俺が好きでやってる事なので」

皆のご飯を作るのも、ひよりんとお酒を飲むのも、楽しいからやっている。そりゃあ酔い潰れたひよりんをベッドに運んだりするのは色々な意味で大変だけど、それも結局好きでやっている事だ。お返しをされるような事じゃない。

「じゃあこれも私が好きでやってるだけ。ふふっ、決まりね？」

そう言ってひよりんは小さくウインクしてきた。可愛すぎて、もう言葉が出ない。

「………分かりました。すいません、ごちになります」

　正直まだ気が引けるけど、ここで言い争うとひよりんに恥を掻かせる事になってしまう。流石にそれくらいは理解していた。相手の好意を素直に受け取る事も、社会では大切なマナーだって事くらい。

「奢らせてくれてありがとう。でも、本当に気にしないでいいからね？　蒼馬くんが付いて来てくれただけで、本当に嬉しいんだから」

　ひよりんが目を細めて微笑む。「奢らせてくれてありがとう」、そんな事を言える大人に俺もなりたい。

「私はこれにするけど、蒼馬くんはどうする？」

「あ、じゃあ俺もそれでお願いします」

　さっきの話を聞く限りこのスプリングバンクというのはかなりお高いウイスキーなんだろうけど、下手に遠慮するとひよりんが気にするだろうし、知らない物を選んでもっと高い物を注文してしまうのは避けたかった。

　ひよりんが小さく手をあげると、バーテンダーが音もなくやってくる。

「スプリングバンクのストレートを一つ。蒼馬くんは飲み方どうする？」

「あ、俺もストレートでお願いします」

　ストレートはそこまで得意ではないけど、ひよりんの飲み方がきっと正しいんだろう。ウイスキーは物によって美味しい飲み方がある、と前に言っていたし。

かしこまりました、と渋い声を残してバーテンダーがカウンターに戻っていく。そして酒瓶が並んだ後ろの棚から一つを手に取った。あれがスプリングバンクか。

程なくして、俺達の前にグラスが二つ置かれた。花開く前のチューリップのような、奇妙な形のグラスだ。確かひよりんも同じグラスを持っていたような。

「こちら、当店特製のオリーブでございます」

バーテンダーが置いた小皿には、串に刺さったオリーブが数個盛り付けられている。注文していないはずだけど、居酒屋でいう所の「お通し」のようなシステムがバーにもあるんだろうか。

バーテンダーがカウンターに戻ると、ひよりんがグラスを手に取った。

「じゃあ……乾杯」

俺達は小さくグラスを合わせた。キン、という高い音が雰囲気の良いピアノジャズに溶けていく。

兎(と)にも角(かく)にも強烈なアウェー感がぬぐえない。それが原因かは分からないが、お酒の回りがいつもより早い気がした。もしくは、このスプリングバンクというウイスキーが飲んだ事のない味だったからかもしれない。何というか、海水のようなしょっぱさを感じる。

美味しいか不味(まず)いかで言ったら、正直あまり得意な味ではない。それを伝えると、ひよりんは申し訳なさそうに苦笑した。

「あはは……ちょっと特徴的過ぎたかな。スプリングバンクは別名『モルトの香水』って言われるくらい他とは一線を画す銘柄なの。ちょっと潮の香りがしたでしょう？」

「そうですね。初めて嗅ぐ匂いでした。海とパイナップルと硫黄が混ざったような」

この前ひよりんの家で飲んだウイスキーもまるで薬のような匂いで強烈だったけど、これもまた別の強烈さがあった。あれは……アードベッグっていう名前だったかな。

「凄い、当たってるわ。ブリニーでパイナップルを中心とした柑橘系、それに少しサルファリーな香りがスプリングバンクの特徴なの。蒼馬くんはいい鼻を持ってるわね」

ひよりんがウイスキーについて語る時、いくつもよく分からない単語が出てくる。教えて貰ったり自分で調べたりして少しは知識が付いてきたけど、まだまだ分からない言葉は多い。サルファリーっていうのが、多分硫黄の事かな。硫黄の元素記号のSは確かサルファの頭文字だったはず。

よく分からないが、褒められた事は間違いない。

「ありがとうございます。でも、まだまだ分からない事だらけですよ」

スプリングバンクの美味しさだって俺には分からなかった。『推し』の好きな物を好きになれないというのが、何とも悔しい。

「私だってそうよ。まだまだ飲んだ事がないウイスキーは沢山あるもの。そういうのを、二人で飲んで行けたらいいなって私は思ってるんだけど……」

蒼馬くんはどう？

そう続けるひよりんの言葉が嬉しくて何だかじーんと来てしまう。

ひよりんの想う未来に、俺は存在しているんだ。

「俺も……ひよりさんと色んなお酒を飲んでみたいです」

この言葉は大丈夫だろうか。言葉以上の意味を持っていないだろうか。場と、酒と、吐息まで聞こえてきそうな距離にいるひよりんのせいで、正常な判断をするのが難しい。

「嬉しい。私、蒼馬くんに会えて本当に良かった」

ひよりんがグラスを傾ける。黄金色の液体が、薄い桃色の唇からするりと飲み込まれていった。白い喉が上下に動いて、何故か目が離せない。

「苦手だったら、これ飲んじゃうけど。どう？」

進んでない俺のグラスを見てひよりんが言う。

「お願いしてもいいですか？」

「了解よ。もう少し飲みたかったから丁度いいわ」

ひよりんが俺のグラスに手を伸ばす。細い指がチューリップ形のグラスを掴む。

そこで——気が付いた。

ひよりんが気が付いているかは分からない。というか、そんな気にするような事ではないのかもしれない。俺達は日頃から一緒にご飯を食べているし、日によっては大皿のおかずを共有している。だから今更なのかもしれないが、兎に角、俺は気が付いてしまった。

これは————間接キスだ。

ひよりんが俺のグラスを口元に近付ける。彼我の距離がどんどん縮まっていく。

その瞬間を……俺は見る事が出来なかった。『推し』が俺と間接キスする瞬間は、あまりにも刺激が強すぎた。

「──うん、美味しい。やっぱりいいわねえ、スプリングバンク」

俺とは裏腹に、ひよりんは間接キスなど全く気にしている様子はない。そんな事を気にするのは子供だけなんだろうか。それとも、俺の事など全く意識していないのか。後者であって欲しくはないが、そうかもしれない。数万人の前でステージに立ってパフォーマンスをするひよりんからすれば、ただの大学生に過ぎない俺など子供にしか思えないはずだ。

と、思っていたんだが。

「…………あ」

ひよりんが慌てて口を押さえる。

「ご、ごめんなさい……！　私ったら、これ、か、間接キスよね……大丈夫だった……？」

考えていた事を急に訊かれて、思考がフリーズする。さっきまで大人な雰囲気を纏っていたひよりんが、今は少女のように顔を赤くしていた。

「え、あ、大丈夫ですけど……」

大丈夫どころかどちらかと言えば嬉しかったけど、流石にそれは変態過ぎるか。心の内に秘めておく。

「よ、良かったあ……」

ホッとした様子で胸に手を当てるひよりん。

俺からすればひよりんは『推し』な訳で、間接キスをされて喜ぶ事はあっても嫌な感情になる事なんてあるはずないのに、そんな心配をするひよりんはやっぱりちょっと自己評価が低い。

ひよりんの笑顔で救われる人間がこの世には沢山いる。写真集だって売り切れた。もっと自分に自信を持てばいいのにと、ついつい思ってしまう時がある。

でもそんなひよりんを可愛いと思ってしまう自分もいて、ひよりんにどうなって欲しいのか自分でも分からない。

とは言え、仮にひよりんが自信満々な様子で「私の事好きなんでしょう？」と迫ってきた日には俺はなすすべなく首を縦に振ってしまいそうなので、今のままで良かったのかもしれない。

「あはは……、つ、次のお酒頼もっか……？」

恥ずかしそうに頬を掻くひよりんは、ステージ上でスポットライトを浴びるあのひよりんとはまるで別人だ。

だけどそんな姿を知った今でも、ひよりんは変わらず俺の『推し』だった。

「お酒を減らそうと思ってる？」

そんな事を言い出したひよりんは、たった今五杯目のグラスに口を付けた所だ。

「流石に飲み過ぎなんじゃないってこの前うっちーに言われてね？　私ももう若くないし、健康に気を遣った方がいいのかなって……」

うっちーというのはザニマスの声優だ。冗談を言ってるのかと思ったけど、どうやら本気らしい。それにしては今日もお昼から飲んでいたような気がするけど。

少なくとも、お酒を飲みながらする話ではない。

「もう若くないって、まだ二十代じゃないですか。そんな事を言ってたら三十代の人に怒られますよ」

「でも蒼馬くんからしたら若くないでしょう？」

「いや、そんな事ないですよ！　ひよりさんは凄く綺麗だと思います！」

フォローした訳ではなく本心を伝えてみたものの、心に響かなかったようだ。ひよりんがはあ……と深い溜息をつく。

「……懐かしいなあ、蒼馬くんくらいの時が。ねえ、私にも二十歳の時があったのよ？」

信じられないかもしれないでしょうけど、とひよりんはグラスを空にした。お酒を減らそうと思っている人の飲みっぷりではない。ひよりんはそのまま流れるように次のお酒を注文した。

「信じますって。というか、二十歳の時ってもうデビューしてませんでした？　何かで映像を見たような」

「えっ!? うそっ、そんな映像残ってるの!?」

ひよりんがぐいっ、とこちらに身体を寄せてくる。ソファの上に置いていた手に浴衣が触れる、それくらいの距離だった。

「ミーチューブに確か上がってましたよ。ちょっと待って下さいね」

スマホを取り出して、記憶を頼りにそれらしいワードで検索をかけていく。何度目かの検索でその動画は見つかった。

それはひよりんのデビュー作の、Ｗｅｂショートアニメの宣伝動画だった。時間は三十秒ほどだけど、ずっとひよりんが映っている。

「これですこれです」

スマホをテーブルに置くと、ひよりんが食い入るように画面を見つめだす。

「うわあ……！　懐かしいなあこれ。私まだ黒髪だ」

「髪型も今より短いですね」

画面の中のひよりんは黒髪のショートボブで、今の面影は全くない。喋りも良く言えばフレッシュで、悪く言えばたどたどしかった。六年経つと人はこんなに変わるんだな。

三十秒ほどなので、すぐに動画が終わる。ひよりんは昔を懐かしむようにまた頭から再生し始めた。

「……今みたいな生活が送れるなんて、この時は全然思ってなかったなあ」

「そうなんですか？」

「これ、何度もオーディションに落ちてやっと決まった奴でね。だからこんなに緊張してるの。決まった時は凄く嬉しかったけど、同時に凄く不安だったのを覚えてる」

ひよりんは遠い目で画面を見つめている。当時の事を思い出しているんだろう。

「全然声優一本じゃ生活出来なくて、コンビニでアルバイトもしてた。親にはしっかりしろってせっつかれるし、なのにオーディションは全然受からないし、結構絶望してたなあ」

画面の中のひよりんは不自然なくらいの笑顔だった。どれだけの不安がこの笑顔の裏にあったんだろうか。

「声優を辞めようとは思わなかったんですか?」

「何度も思ったわ。でも、良くも悪くも声優ってそんなものでね。皆に名前を知って貰えるのなんてほんの一握りなの。だから耐えられたのかもしれないわね。周りも皆そうだったから」

「なるほど……厳しい業界なんですね」

ウィキの情報によると、ひよりんは二年前にザニマスで初めてメインキャラの役を勝ち取った。それまでの出演ページには「女子生徒」や「女の子A」といった脇役の名前がずらりと並んでいる。このデビュー作も脇役での参加だったけど、事務所の新人紹介も兼ねて宣伝動画を撮らせて貰えたらしい。

約四年もの間、ひよりんは不安と闘っていたんだ。

そして今、ここにいる。

「私なんて本当に運が良かった方。初めて貰った名前付きの役が、皆のお陰でここまで広がって。曲も出せたし、あんなに広い会場でライブだって出来た」

ひよりんが動画を止める。

「勿論私も頑張ってきた自負はあるけど、それ以上にやっぱり運が良かった。……私、本当に恵まれているわね」

それは自慢する風ではなく、自分の現在位置を確認するような呟きだった。自分の実力だけでここまでやってこられたと思うなよ、そう言い聞かせているような。

「……でもやっぱり、ひよりさんが頑張ってきたから今があるんだと思います。詳しい事は何も分からないですけど、俺はそう思います」

確かに運は良かったのかもしれない。でも、自分のもとに降ってきた運をしっかりと引き寄せるのは実力だ。オーディションに受かったのは間違いなくひよりんの力なんだから。

「ふふ、ありがとう。じゃあこの時の私に感謝しなくちゃね」

娘を見る母親のような、そんな優しい瞳でひよりんが画面の中のひよりんを見つめる。

「――それにしても」

ひよりんの声がワントーン下がった。

「この時の私……若いなあ……ねえ、蒼馬くんもそう思うよね!?」

「は、はあ……」

いい雰囲気だったのに、結局その話題に戻ってしまうのか。

「そりゃ二十歳なんだから今よりは若いですよ」

二十六歳より、二十歳の方が若い。当たり前の事だ。

でもそんな当たり前がひよりんを苦しめていた。

「やっぱりそうよねえ……はーあ、この頃に蒼馬くんと出会えてたらなあ」

「出会えてたら？」

何だというんだろう。今より気安く話せる間柄にはなってただろうか。

「……うー……何でもないわよ……」

拗ねるように呟いて、ひよりんはぐわっとグラスを煽る。バーテンダーもひよりんの飲みっぷりを分かってきたのか、ひよりんのグラスが空になると、呼んでもないのにやってきた。

「同じの下さい……」

「かしこまりました」

バーテンダーは恭しく礼をして、そして去っていく前にちらりと俺を見た。勘違いじゃない、しっかりと目が合った。外国人のように彫りの深い瞳に「君がこの女性を困らせているのか？」というメッセージが込められているような気がした。

いや、俺に一体どうしろというんだ。年齢は誰に対しても平等で、その差は広がりもしなければ縮まりもしない。いくつになっても俺とひよりんは六歳差だ。

「ああ……この頃の私が恨めしい……二十歳ですって……」

ひよりんはテーブルに突っ伏して、目だけでスマホを睨みつけている。酔い潰れている訳ではなさそうだから、単純に落ち込んでいるんだろう。

「若いって、そんなに大事ですかね」

それはひよりんを慰める為というより、単純な疑問だった。

「そりゃあ大事よ」

一瞬で答えが返ってくる。

「お金はなくなったらまた稼げばいい、でも時間はそうはいかないでしょ？　私がいくら頑張っても若返る事は出来ないの……」

「確かにそうですけど」

どうしてひよりんはそんなに若返りたいんだろうか。四十、五十の人がそれを言うなら分かるけど、ひよりんは二十六歳。まだまだ前を向いていく年齢だと思うんだが。

「この時の私なら……蒼馬くんだって……」

ひよりんが何かを呟く。教室で昼寝をする男子高校生みたいに顔を腕で隠してしまったので、声がこもって聞こえなかった。

「…………」

バーテンダーがひよりんのお酒を持ってきた。「青年、何とかしてやれ」、そう顔に書いてある。

だから俺に一体どうしろと。俺がいくら「まだまだひよりさんは若いですよ」と言ったって、今のひよりんには嫌味にしか聞こえないだろう。

「……若さ、ねえ」

開きっぱなしだった動画を再生する。二十歳のひよりんがぎこちない笑顔を作って、必死にアニメの宣伝をしている。早口で宣伝を終えたひよりんは最後にぺこりとお辞儀をして、黒いショートボブの髪がふわっと揺れた。

………うーん。

「俺は……今のひよりさんの方が可愛いと思いますけどね」

「…………え？」

ひよりんがずずず、と頭をずらして片目で俺を見る。

「髪も今の方が似合ってますし。そもそも、俺がひよりさんのファンになった時はもう今の髪型でしたからね」

そう考えたら、ひよりんはもう二年くらい同じ髪型なんだな。勿論ライブ中はキャラの髪型に寄せる為に一時的に染めたりはしてるけど。

「え、え、ちょ、いきなりどうしたの……？」

ひよりんが慌てて跳ね起きる。

「いや、ひよりさんが昔がいい、昔がいい、って言うので。今のひよりさんが好きな人だっているんだって伝えたかったんです」

というか、ファンの殆どがそうだろう。今となってはひよりんはすっかり人気声優だけど、それだって今のひよりんが魅力的だからだ。

「写真集だって即重版したらしいじゃないですか。だから自信を持って下さい。今のひよりさんは凄く魅力的ですよ」

「………………はぅ」

ひよりんがまたテーブルに墜落した。

……と思いきやすぐに起き上がった。来たばかりのグラスを摑むと、そのまま勢いよく喉の奥に流し込む。

「はあ……はあ……」

肩で息をするひよりんはどう見てもただ事ではない様子だった。すかさず寄ってきたバーテンダーに視線をくれもせず「同じのを一つ」と注文すると、浴衣の首元を摑んで緩め始める。

「何だか急に暑くなってきたわね……」

パタパタと裾で首元を扇ぐひよりん。

……当たり前だが、首の下には胸が付いている訳で。

「ぐっ……！」

俺は、はだけた浴衣の隙間から、思い切り胸元を見てしまった。

じっとりと汗ばんだ谷間を。

今度は俺がテーブルに墜落する番だった。

　こうなるから嫌だったんだ。ひよりんと二人きりで飲むといつもこうだ。俺はひよりんの事をそういう目で見ないように頑張っているのに、ひよりんは俺が必死で作り上げた堤防を一撃で破壊してしまうんだ。

　緩んだ浴衣から覗く胸元？

　何だそれは。

　エロいに決まってるだろ、そんなの。

　ああもう最悪だ。

　俺は『推し』をそういう目で見てしまう、汚れた男なんだ。

「えっと……どうしたの、蒼馬くん……？」

　心配するようなひよりんの声。

「何でもないです……ちょっと今クールダウンしているので、そっとしておいて貰えると助かります」

　今ひよりんを視界に入れるのは決定的にマズい。正直あの光景は忘れたくないけど、忘れないとまともに話せない。

「そ、そう……？　分かったわ……？」

　何が何だか分かっていない様子のひよりん。相変わらず自分の魅力に気が付いていない。普段はそれでもいいけど、今だけは気が付いて貰わないと困るんだ。

「……あと、胸元を隠して貰えると助かります……」

「胸元……？　あっ――!?」

　ひよりんも、そして俺も、そこそこ酔っているんだろう。だからこんなハプニングが起きてしまう。仄暗い（ほのぐら）バーの隅っこというシチュエーションも良くなかった。変な気分にさせられるのは、半分くらいはそれのせいだ。これがまだ慣れ親しんだ俺の部屋なんかであれば、もう少し平静を装えたはずなのに。

「ご、ごめんなさい……はしたなかったわね、私……」

「い、いえ……別にいいんですけど……写真集でも見はしましたから」

　言った瞬間、自らの過ちに気が付いた。初めて見た訳ではないので大丈夫です、と変に気を遣おうとして、特大の地雷を踏み抜いた。

　バン、とテーブルに衝撃が走る。多分ひよりんもテーブルに墜落したんだ。俺が撃墜してしまった。

「は、恥ずかしい……」

「ごめんなさい……今のはセクハラでしたね……」

　まさか写真集を出した本人に、「写真集見ました」なんていう機会が訪れるとは思わなかったから、その行為がセクハラかどうかなんて考えもしなかった。

「……実はね」

　ひよりんが口を開く。

二人ともテーブルに突っ伏しながらという奇妙な体勢で、会話が続く。

「何ですか？」

「写真集ね……第二弾を出さないかって話があるの……」

「第二弾、ですか」

この前発売したばかりだというのに、もう次の予定が組まれるなんて。

詳しくはないけど、かなり異例なんじゃないだろうか。ひよりんは女優やグラビアアイドルじゃなくて声優だし、余計に。

「有難い話だし、受けようと思ってたんだけど……」

だけど。その言葉に続くのは一つしかない。

「蒼馬くんに見られるの、恥ずかしいから……止めようかな……」

そんな理由で!?

と言いたくなるのは、俺が当事者ではないからか。

いくら写真集が人に見て貰う為の物だとはいえ、身近な人間、それも異性に見られるというのは恥ずかしいのかもしれない。

ひよりんの立場になった事を想像してみると――――なるほど、これは確かに耐えがたいものがあった。身近な人間が、自分のセクシーな水着姿をお金を払ってまで見たいと思っているという事実はかなりのプレッシャーになり得る。

「まあ、気持ちは分かりますけど……」

そんな訳で、隣人としては、ひよりんの気持ちには一定の理解を示さざるを得ない。

しかしだ。

「本音を言えば……見てみたいです」

ひよりんのいちファンとしては、写真集第二弾発売は諸手（もろて）を挙げて喜ぶニュースな訳で。

ひよりんの色んな姿を見てみたいと思ってしまうんだ。

「ど、どうして……？」

「どうしてって……そりゃひよりさんは俺の『推し』だからですよ」

それ以上の答えなんてない。

「うう……写真集を見られるのって、生で見られるより恥ずかしいかも……」

「そういうものですか」

見る側と見られる側では随分認識に差があるみたいだ。見る側としては、写真集より生で見られる方が絶対に嬉（うれ）しいし貴重だと思うんだが、見られる側はそっちの方がマシらしい。

既に発売している写真集にはひよりんの水着姿も収録されていたけど、もしあんなものを生で見てしまったら俺は本格的にダメになってしまうぞ。一瞬谷間が見えてしまっただけで、俺は今こうなってるんだからな。

このままの体勢でいると寝てしまいそうだったので、頭を起こす。ひよりんはまだテーブルに突っ伏していた。恥ずかしそうに身をよじっている。

「ねえ蒼馬くん……」

「何ですか？」

返答は暫くなかった。ちょっとした間が開いて、意を決したようにひよりんが口を開いた。

「生で見せてあげるから……写真集は見ないでくれないかな……？」

「え、な、生で……ですか……？」

それは……一体どういう事になるんだろうか？

まさか撮影現場に連れて行ってくれる訳ではないだろうし。

「写真集で使う衣装ってね、買い取る事も出来るの……だから、それを部屋で蒼馬くんに見せてあげるから……」

なるほど、そういうシステムがあるのか。しかし、となると気になる事が一つ。

「それは……水着とかもですか？」

びくっ、とひよりんが肩を震わせる。

いや、俺は別にひよりんの水着姿を生で見たいとか、そういう邪な考えがある訳じゃないぞ？

ただNGな衣装があるのかというのが気になっただけで、その例として水着を挙げたまでだな……。

……………嘘だ。

本当は、ひよりんの水着姿が見たい。

見たいに決まってるだろ、『推し』なんだから。

「そ、蒼馬くんがどうしても見たいって言うんだったら……」

ひよりんが、震える声で言う。

「どうしても、って言うんだったら……いいよ……？」

ちょっと、言葉が出なかった。

「流石に、写真集見られるのと同じくらい恥ずかしいけど……蒼馬くんだったら、見せてあげる」

「……ありがとうございます」

口から出たのは感謝の言葉だった。どういう特別かは分からないけど、ひよりんにとって俺は特別であるらしい。それが、嬉しかったんだ。

ほんの数か月前まで、俺はザニマスの大きなライブ会場を照らす一本のサイリウムに過ぎなかった。視界には入っていても、目に留まる事なんてない。ひよりんにとって俺は数万の中の一でしかなかったんだ。

それが今や、一人の人間として認識して貰えて、一緒にご飯を食べるようになって、お酒を飲むようになって。

こうして旅行に行くようになって、二人きりでバーで飲むようになって。

水着だって、見せてくれる。

「そ、そんなしみじみお礼を言われると余計に恥ずかしいんだけど……」

「す、すいません。水着を見られるのが嬉しい訳じゃなくて、あ、いや、それも嬉しいんですけど、ひよりさんがそうやって俺の事を思ってくれているのが嬉しかったと言いますか」

俺が言いたいのは、そういう精神的な所が大きいんだよって事で。

上手く伝わったのかは分からないけど、ひよりんは顔を上げてくれた。暗がりの中でも分かるくらい赤くなっていたけど。

「あ、でもその時は蒼馬くんも水着姿だからね？」

「な、何で!?」

「私だけ恥ずかしい思いをするのは不公平だもの。蒼馬くんも道連れよ」

そう言って笑うひよりんがいつも以上に近しい存在に思えて、俺は妙な胸の高鳴りを自覚するのだった。


宴もたけなわ。

ひよりんの呂律がちょっと怪しくなってきたので、俺達は部屋に帰る事にした。いつの間にか時刻は二十二時を回っている。かれこれ一時間近くいたって事になるな。

「なんらかいいところらったわねえ」

「そうですねえ。本当にごちそうさまでした」

お会計は自動で部屋代に合算されるらしいので、一体いくらになったのかは分からない。知るのが怖い気もする。個人的には、あのお水はサービスだったのか、そしてお通しのオリーブがいくらだったのかが気になるんだけどな。それにしてもあのオリーブ美味しかったな。

「ただいまー」

部屋に戻ると、静と真冬ちゃんがテーブルにトランプを広げて何かをやっていた。多分七並べだろう。あのゲームにどれくらい実力が出るのかは分からないが、静は苦しそうな表情を浮かべていたし手札も多かった。

「あ、おかえりー」

静がこちらを見て笑顔を作った。そして「引き分けだね」と言いながらトランプを片付けていく。それを見た真冬ちゃんが「どう見ても私の勝ちじゃない？」と言いたげな表情を作ったが、口には出さなかった。

「ひよりさん、大丈夫なの？」

俺の肩にもたれかかっているひよりんを見て、真冬ちゃんが心配そうな声をあげる。

「らいじょうぶよー、ぜんぜん酔ってないらら」

酔っ払いのお手本のような事を言いながら、ひよりんは俺の肩から離れて倒れ込むように座椅子に座った。そしてトランプを片付けている静にちょっかいをかけようとして、「めっ」と叱られた。酔っている時のひよりんの扱いが赤ちゃんと同じなのは流石にどうなんだ。と思ったけど、赤ちゃんみたいなものかもしれない。

「ダメみたいね」

「結構飲んでたからなあ」

「バー、どんな感じだったの？」

「凄くいい所だったよ。お洒落な感じでさ」

　薄暗くて、あまり広くない感じで……と店内の様子を説明していく。黙って聞いていた真冬ちゃんは俺が話し終えると、総括するように言った。

「……いかがわしいお店？」

「ぶっ!?　いやいや、全然そんな事ないから！」

「そういえば、ひよりさんの浴衣が少し乱れているような気もするわね」

　ちら、と鋭い目をひよりさんに向ける真冬ちゃん。件のひよりんは俺達の事など露知らず、静とトランプを奪い合っていた。片付けが思うように進まず、静が苦虫を噛み潰したような表情になっている。珍しい光景だ。

「いや、あの……本当に誤解だから。浴衣はひよりさんが酔っぱらって勝手に緩め始めただけで」

「それで、酔っぱらったひよりさんに蛮行を働いた——と」

「だから違うんだって!?　ほんっとうに何もしてないから！　というか、そんな度胸が俺にあると思う!?」

「それは思わないわね」

即答だった。それはそれで辛(つら)いものがあるけど、酔った人を襲う変態だと思われるよりはマシだ。

「ま、冗談はさておいて。楽しかったみたいね」

冗談だったのかよ。真冬ちゃんは表情が変わらないから本気なのかどうなのか判断に困る。

「真冬ちゃんのお陰でもあるよ。静とお留守番ありがとね」

「ちょっと！　私を手のかかる子供みたいに言わないでよね！」

ひよりんと戦いながらも俺達の話を聞いていたのか、静が叫んだ。

「というか、この酔っ払いなんとかしてくれない!?　あっトランプ食べちゃダメ！」

トランプを口元に運ぼうとするひよりんから、静が必死に抵抗する。

流石に助けてやるか。そろそろ静が可哀想(かわいそう)になってきたし、あいつは俺と違って酔っぱらったひよりんに慣れてないからな。

「ひよりさん、もうそろそろ寝ましょうか？」

「んー？　わらしまだねむくないわよお？」

いつものやり取りだ。こんな事を言っているけど、いつもベッドに運んだら五分で寝息を立てる。

「寝ないと明日起きられませんよ？　ほら、一緒に歯磨きしに行きましょう？」

「はぁい、しょうがないわねえそーまくんは」

これまたいつもの流れで洗面台に誘導する。ひよりんの酔っ払い度合いにはいくつか段階があって、このぽわぽわ具合の時が一番楽だ。これがもう少し酔っぱらうと、途端に狂暴化して抱き着き魔になる。そうなったら後は理性との勝負だ。今の所は負けなしだが、いつ陥落するかは分からない。そして、日に日に砦(とりで)はボロくなっている。

ひよりんを引っ張って洗面台へ。速やかに歯磨きを済ませ、布団に誘導する。ひよりんは大人しく布団に入ってくれた。まもなく寝てくれるだろう。

ひよりんが目を閉じたのを確認し、傍(そば)から離れる。皆の部屋に戻ろうとすると、そっちの部屋から静と真冬ちゃんが俺を覗(のぞ)いていた。ジトっとした、夏の夜のような目だった。


「二人で飲んでる時って、いっつもあんな感じなの?」

部屋に戻るや否や、静が口を開いた。襖(ふすま)を閉じたので俺達の声や明かりでひよりんが起きてしまう事はないだろう。

「あんな感じって?」

「なんかめちゃくちゃ甘やかしてなかった？　お母さんかと思ったよ」

「そういう事か。あの状態のひよりんはああいう風に言ったら素直に聞いてくれるんだよ」

「確かに赤ちゃんみたいだったもんね。トランプ食べようとするし」

「今日のはまだいい方だけどな」

「そういえば最初の頃、蒼馬会でも暴れた事あったもんね」

「ああ、懐かしいなあそれ」

いきなり「ここに座りなさい！」って太腿の上に座らされたんだよな……あれは忘れられない。

「お酒って絶対身体によくないわ。あんなの別人じゃない」

そういうのは真冬ちゃんだ。未成年の真冬ちゃんからすれば、そういう感想になるのも仕方ないか。

「そういえば、真冬ちゃんって新歓シーズンどうしてたの？　結構誘われたでしょ？」

ケイスケの話では『工学部の撃墜王』の二つ名は入学直後から轟いていたらしい。大きなサークルほどそういう新入生の可愛い子の情報を手早くゲットするし、自分のサークルに入って貰おうと新歓コンパに誘う。そして、大半の女子大生がそこで初めてお酒の味を知る事になるんだ。

最近はその辺りを厳しくチェックする店も増えてきたけど、大学付近の居酒屋はまだまだ無法地帯と言っていい。大手のサークルになると飲み会も当たり前のように数十人単位だし、店にとっても安定して売り上げが立つのはありがたいんだろう。その辺りは助け合いのようになっていて、サークルによって融通の利く飲み屋があったりする。

「結構……なんてものじゃなかったわね」

真冬ちゃんは相変わらずの真顔だったけど、僅かに眉を下げた。

「あれは入学式の翌日だったかしら……最初は何かの祭りに巻き込まれたのかと思ったわ」

うちの大学は入学式の日の勧誘行為が禁止されているから、入学式翌日が勧誘解禁日。因み(ちな)に俺は数回声を掛けられたくらいで、しかも一言「まだ色々考えてるので」と言ったら一瞬で引き下がられた経験しかない。

「動けないくらい周りに人が集まってきて、正直倒れそうだったわ。何言っているのか全然聞こえないし」

恐らくその辺りの事は嫌な記憶として残っているんだろう。真冬ちゃんのすっと伸びた眉がどんどん下がっていく。

それにしても、まさか初日から大人気だったとは。こうなるとケイスケに言われるまで真冬ちゃんの噂(うわさ)が全く耳に入ってこなかった俺の交友関係の狭さが悲しくなるな。

「ほぉん、大学ってそんな感じなんだねえ。ちょっと想像出来ないなあ」

この中で唯一、大学生じゃない静が感心したように言う。大学は真面目に勉強しに行くだけの所ではないけど、決して遊びに行く所でもないという、絶妙な雰囲気で成り立っているからな。外の人間からは想像しにくいだろう。

「私も『え、今日学祭じゃないよね？』って内心思いながら対応していたわ。対応と言っても私は黙っていただけで、一緒にいたアリサが頑張ってくれたんだけれど」

「アリサちゃん、その頃から仲良かったんだ」

「アリサ？　また新しい女が出てきたな」と名探偵のように顎に手をやる静を華麗にスルーして会話を続ける。

「オリエンテーションの時にたまたま隣に座っていて、いきなり声を掛けられたのよ。『めちゃくちゃ可愛いね！　良かったら友達にならない？』って」

「そりゃまた凄い誘い方だね。それで、友達になったんだ？」

「私もしてもぼっちは避けたかったし、アリサから嫌な感じもしなかったから」

これは意外だった。真冬ちゃんは一人が平気なタイプというか、寧ろ一人になりたがる時さえあるように感じる。そんな真冬ちゃんでもそういうのを気にするんだな。

「兎に角そんな感じで新歓は乗り切っていたわね」

「なるほど、じゃあ飲み会には参加しなかったんだ」

「それがそうでもなくて。実はアリサの付き添いで行った事があるのよ」

「えっ、そうなんだ。どうだったの？」

飲み会で騒いでいる真冬ちゃんなんて、勿論想像出来やしない。

「別に私は『お酒は二十歳になってから』なんて強く思っている訳でもないし、楽しかったら飲んでもいいかな、なんて思ってもいたのよ。でも、正直全くお酒を飲んでみる気になれなかったわね。どうにもあのノリは私には合わないわ。訊いてもいないのに延々と自分の事を話す先輩に、私の横の席を取り合って喧嘩する先輩でしょう。あとは――」

どさくさに紛れて連絡先を訊いてくる新入生の男、聞こえるように私の悪口を言う同い年の女……と指を折っていく。話を聞く限り、どうやら真冬ちゃんが参加した飲み会は数ある中でも割と軽めのサークル主催だったようだ。お酒は十八歳からだと本気で思っているタイプの。

「そんな訳で、私はお酒を飲むに至らなかったのよ。最初は興味もあったけれど、次第に恐怖の方が勝っていったわ。ひよりさんの事もあるし」

「真冬が酔っぱらってひよりさんみたいになったらめっちゃ面白いのに。ねえ、早く二十歳になりなさいよ」

「私も、二十歳になったら皆と飲んでみたいと思っているわ。それまで一緒にいられればだけど」

特に不安そうでもなく真冬ちゃんが言う。

「来年でしょ？　私は特に何もなかったらあのマンションにいる予定だよ？」

静もあっけらかんとした様子で答えた。

「俺も流石(さすが)に四年生で引っ越すのはないなあ。多分ひよりんもいるんじゃないかな」

さっきバーで訊いたらそんな事を言っていた。まあ引っ越して来たばかりだし、特に何もなければ引っ越す予定はないよな。

「私も元々防犯目的であのマンションに変えたから、多分引っ越そうとしても親が許してくれないと思う」

「じゃあ真冬ちゃんの二十歳の誕生日は蒼馬会で飲み会だな」

「お、いいねえ！　私シャンパン飲んでみたい！　なんか開ける時に蓋が天井まで飛んでいくらしいんだよ」

きゅぽん、と栓を開けるジェスチャーをする静。

「なんだそりゃ。別にいいけど、天井に穴が開いたら弁償して貰うからな」

「げえ！　天井っていくらくらいなんだろ……」

「開ける前提かよ」

「ぐえっ」

静の頭に軽くチョップする。さらさらしたお風呂上がりの髪から、シャンプーの良い匂いがした。

◆

「どうする？　そろそろ寝ようか？」

時計を見ると、もう夜の二十三時だった。普段ならまだ寝る時間じゃないけど、今日は色々あって疲れてるし、そろそろ寝てもいいかという気持ちになっている。

「蒼馬くんが寝るなら私も寝ようかしら」

真冬ちゃんも同意した。でも、静だけが首を横に振る。

「えー、もうちょっと起きてよーよ。折角の旅行なんだしさ！　ね!?」

旅行の夜は、楽しかった時間が終わってしまう気がして、寝るのが少し寂しくなる。静の気持ちは分かる。

が、しかし。

「そうは言っても、やる事もないしなあ」

流石にもう動きたくはないし、そうなるとダベるくらいしかない。まあ別にもう少しダラダラしててもいいんだけど、真冬ちゃんがさっきから何度もあくびを噛み殺してるんだよな。そろそろ寝かせてあげたい。

俺が立ち上がろうとしたその瞬間、静が引き留めるように口を開いた。

「あ、じゃあさ！　二人の昔の話聞かせてよ！　真冬が小さい時どんなだったか気になるんだよね」

「俺達の、昔の話……？」

それは、俺を椅子に座らせ直すのに充分な話題だった。

◆

俺と真冬ちゃんの『出会い』というものを、実の所、俺は覚えていない。朧気な記憶を引っ張り出す限りでは、確か真冬ちゃんのお母さんの方が先に家に遊びに来ていたはずだ。

今の真冬ちゃんをそのまま大人にして、性格を静に変えたような、そんな明るい人だったっけ。小学生だった俺は自宅に他人がいる事に慣れず、真冬ちゃんのお母さんが家に来ている時は自分の部屋に籠っているか、外に遊びに行っていた気がするな。毎日皆が家でご飯を食べている今とはえらい違いだ。

そうやって何度か家に遊びに来るうちに、その何度目かに、真冬ちゃんを一緒に連れてきたんだったか。

「それであってたっけ？」

「うん。お母さんに連れられて、蒼馬くんの家に遊びに行ったの。それが私たちの出会い」

俺とは違って真冬ちゃんは当時の事を割と覚えているらしい。だったら真冬ちゃんが話してくれと思うんだが「蒼馬くんの視点の話が聞きたいから」と突っぱねられた。

「あの時って、真冬ちゃん一年生だよね？」

「うん。最初のこども会で蒼馬くんのお母さんと仲良くなった、ってお母さんは言ってた」

昔を思い出しているのか、真冬ちゃんの口調もどこか柔らかい。昔は今のような性格じゃなかった。だから大学で再会した時は、イメージと全然違くてびっくりしたのを覚えている。

「へええ、ロリ真冬かあ。やっぱり今と違って可愛げがあったの？」

にや、と真冬ちゃんに挑発的な視線を向けながら静が言う。そして即座に振り下ろされた真冬ちゃんの鉄拳が脳天にクリーンヒットし、ぐえっと汚い声をあげた。

「おぉぉ……いてて……で、どうなのさ?」

どうやら「真冬ちゃんの事が知りたい」と言っていたのは俺達を引き留めるための嘘ではないらしい。静は頭を擦りながらも話題を変えなかった。

「別に。今と同じよ」

断ち切る様に言う真冬ちゃんだったが、それには待ったと言わざるを得ない。

「そうだったっけ?　結構変わった気がするけど」

「蒼馬くん、昔の事なんて覚えてないでしょう。私の事だって最初は忘れていたくらいだものね?」

「それは本当にごめん。でも、今は結構思い出したんだよ」

責めるような真冬ちゃんの口振りは、恐らく静に昔の事を知られたくないんだ。知りたい静と知られたくない真冬ちゃん。どちらを尊重するべきかは分からないけど、叩かれた分くらいは教えてあげてもいいだろう。

「俺の記憶ではね……小さい頃の真冬ちゃんは……うーん、そうだなあ」

あの真冬ちゃんを形容出来る言葉がパッと思い浮かばない。当時の俺は真冬ちゃんの事を妹のように思っていた。逆に言えば、妹のようにしか思っていなかった。あえて別の言葉で表現するという事をしてこなかったんだ。

「ちょっと、お兄ちゃん――」

　真冬ちゃんの表情に、少しだけ焦りが混じる。対照的に静はキラキラした瞳で俺を見つめていた。

　そして、俺はぴったりの言葉を思い付いた。

「――天使、かな」


「天使ィ？……真冬がぁ？」

　明らかに真冬ちゃんに喧嘩を売っている静の態度に、けれど真冬ちゃんは鉄拳を振り下ろさなかった。その代わりに、顔を仄かに赤く染めて俺から目を逸らした。

「悪魔将軍の間違いじゃな――ぐえっ!?」

　……結局こうなるのか。静も殴られるのが分かってどうして喧嘩を売るのか。そして、どうしてちょっと嬉しそうなのか。

「嘘じゃないよ。小さい頃の真冬ちゃんは、今考えたら、天使みたいに可愛かったんだよ」

「過去形？」

　刃物のような視線が俺を突き刺す。その瞳の持ち主は、誰が呼んだか『氷の女王』、水瀬真冬。

「いや、勿論今も可愛いけどさ。それこそミスコンだって優勝した訳だし。でも、やっぱり昔の真冬ちゃんは天使と表現せざるを得ないなぁ」

俺が大人になった事で、子供を可愛いと思える精神に成熟した事も大いに関係あるだろうが、記憶の中の真冬ちゃんはまさに天使のような子供だった。

「えー、じゃあ今みたいな感じじゃなかったんだ？」

興味津々といった様子で静が食いついてくる。

「全然違ったよ。喋り方ももっとずっと子供っぽかったし、性格だって割と甘えん坊だった気がするし、あとは……」

「あとは？」

笑いを堪え切れないといった様子でにんまりと笑いながら、静が先を促す。真冬ちゃんは観念したのか、我関せずを決め込んで湯呑にお茶を注ぎ始めた。茶葉の落ち着く香りが一気に部屋に広がる。

「………怖がり、だった。それでずっと俺の後ろを付いて来てたんだ」

失われていた記憶が、沸き上がってくる。

「最初に家に来た時なんかずっとお母さんの後ろに隠れててさ、まず会話をするのも大変だったんだ。分かると思うけど、小学生の二年差って凄く大きくてさ。俺と真冬ちゃんじゃ身体の大きさも全然違くて。それで怖がってたんだと思うんだけど」

「確かにねえ。一年生から見た六年生とか、もう大人だもんね」

「そうそう。それで、多分真冬ちゃんのお母さんは、俺達に仲良くなって欲しくて真冬ちゃんを連れて来たんだと思うんだけど、真冬ちゃんはずっとお母さんの後ろにくっついててさ。そしたら、痺れを切らしたお母さんが真冬ちゃんをずいっと俺の前に押し出したんだよ」

「へえ、それでどうなったの？」

　前のめりになる静の隣で、静かに湯呑を口元に運ぶ真冬ちゃん。興味がないような素振りをしているけど、意識がこちらに向いているのは丸わかりだった。

「俺の記憶が確かなら、真冬ちゃんが泣き出しちゃったんだよ」

「あら、あらら」

　ちらっと真冬ちゃんに視線をやる静。真冬ちゃんはまるで何も聞こえていないかのように、目を閉じてお茶を飲んでいる。

「ねえ真冬、ホントなのそれ」

「さあ？　覚えてないわ」

「本当なんだ」

「覚えてないって言ってるじゃない」

　恐らく真冬ちゃんは覚えている。そして否定しないという事は、俺の記憶は確かだったんだ。

「それでそれで？　蒼馬くんはどうやって泣き虫まふゆと仲良くなったの？」

「そうだなあ……」

俺は記憶の海に漕ぎ出していく。


「普通に怖かったわよ」

真冬ちゃんは、当時の俺の事をそう評した。

「それじゃあ俺の家には無理やり連れて来られてたの？」

「無理やりというか、あの頃は親がそう言ったら他の選択肢なんてないから」

「まあ確かにそっか」

小学生にとっては親の言う事が全てだもんなあ。

「何かごめんね？　怖がらせちゃって。それで、いつ頃から仲良くなったんだっけ」

朧気ながら思い出せたのは、一緒に部屋でブロック遊びをした記憶。確かその時、内心凄くテンパっていたのを覚えている。

という事は、この記憶はまだ俺達が仲良くなる前、ともすれば俺達が仲良くなるきっかけになった出来事かもしれない。

「ブロック遊びの時に」

俺と真冬ちゃんの言葉が綺麗に重なった。

「あ、やっぱりそうだよね!?」

「うん、そうだと思う」

「ブロック遊び？」

静が首を傾げる。

「俺の家にさ、結構いい知育ブロックがあったんだよ。家とかロボットとか車とか、色んなものを作れるやつが」

大人になって知ったんだが、あのブロック、平気で五万円以上するらしい。そんな事など知らず俺は当時めちゃくちゃ乱暴に扱っていた。思えば、あそこまで踏んだり投げたりしていたのに壊れなかったのも、高級だからだったからなのかも。

「確かあれはもう真冬ちゃんがうちに何度も来るようになってた時だったと思うんだけど、結局俺達は全然話せてなくてさ。俺は部屋に籠ってブロックで遊んでたんだよ」

確か消防車が作れるようになる追加キットを買って貰ったばかりで、ブロック遊びのモチベーションが高かったんだよな。それでリビングで皆が話してる中、一人抜け出して部屋に籠もってた。そうしたら、いつの間にか真冬ちゃんがいたんだ。

「あれって、どうして俺の部屋に来たの？　お母さんに言われて？」

一番考えやすい理由はそれだけど、疑問が残る。真冬ちゃんは俺の事を怖がっていた。そんな真冬ちゃんが、一人で俺の部屋に来られるだろうか。

◆

俺に話しかける事すら出来なかった、あの真冬ちゃんが。

「えっと……なに、してるの？」

「おわっ!?」

声がして、びっくりして振り返ったらあの子がいた。

名前はなんてったっけ？

分からないけど、最近よく来るお母さんの友達の子供だ。

「びっくりしたー……どうしたの？」

正直、おれはこの子が苦手だ。全然話してくれないし、すぐ泣くし。おれは悪くないのに、この子が泣いたらおれがお母さんから怒られるんだもん。

「えっと……まよって……」

「ごめん、聞こえないかも」

「あ、あう……」

だまっちゃった。一体どうすりゃいいんだー。

「もしかして……遊びに来たの？」

何か、お母さんはおれとこの子に一緒に遊ばせたいみたいなんだよなあ。それくらいはおれも分かるんだ。この子はお母さん達に言われてきたのかも。

「え、えと………う、うん」

「やっぱそっか。じゃあどうしようかな……」

二人いるならキャッチボールとかしたいけど、女の子だしなあ。部屋で遊ぶしかないよな。

「……一緒にブロックやる？」

「ぶろっく……？」

「とりあえずほら、こっち座って」

「う、うん」

恐る恐る近付いてきて、おれの隣にちょこんと座る。一年生ってやっぱ小さいなあ。

「名前、何？」

「おなまえ……？」

「うん。おれは蒼馬っていうんだ。カッコいい方の蒼に馬で蒼馬」

「わたし、まふゆ………かんじは……まだわかんない……」

「まふゆちゃんね。漢字は別にいいよ」

多分、真冬とかだと思うし。他に思いつかないもん。

「まふゆちゃんはブロックやった事ある？」

まふゆちゃんは小さな頭をふるふると横に振った。そして、不思議そうにブロックを一つ手に取る。消防車のタイヤのパーツだった。

「それは消防車のパーツ。今消防車作ってるんだけど、一緒に作る？」

「しょーぼーちゃ、つくるの？」

まふゆちゃんはちょっと笑顔になった。消防車好きなのかな？

「そ。けっこー難しいから出来るか分からないけど」

さっきから説明書を見ながらやってるけど、ブロックが上手くハマらないんだよな。

「まふゆ、しょーぼーちゃつくる」

まふゆちゃんが手当たり次第にブロックを触り始めた。適当にやってるから、全然違う所でブロックを組み合わせている。

うーん……二人でやれば上手くいくかもと思ったけどこれは望み薄かもなあ。

まあでもいっか、これで仲良くなれれば。


「で……出来た……！」

真っ赤な消防車が、おれの目の前にあった。

「出来たよまふゆちゃん！」

「できた？」

よく分かっていないまふゆちゃんは引き続きブロックを組み立てている。何を作っているのかは全然分からない。余ったはしごのパーツを運転手の右腕に突き刺していた。何してんだろ。

「消防車が完成したんだよ！　これ！」

おれが消防車をちょっと走らせると、まふゆちゃんは「わ」と驚いたような声を出した。

いやいや今まで一緒に作ってたじゃん！

「すごい、すごい！」

まふゆちゃんがぺたぺたと消防車を触る。何度も前後に走らせては、手を叩いて笑う。

笑ってるとこ、初めて見たかも。

「まふゆちゃん、ブロックの才能あるよ。初めてなのにちゃんと作れてたし」

全然期待してなかったけど、まふゆちゃんはめっちゃ器用だった。まふゆちゃんがいなかったら作れなかったかも。

「さいのー？」

「まふゆちゃんは偉いって事！」

「まふゆ、えらい？」

「うん。また一緒にブロックやろう！」

「え、えへへ……うん！」

真冬ちゃんが嬉しそうに笑う。

その笑顔を俺は、もう今となってははっきりと思い出せないけど、当時、妙に印象に残っていた事だけは覚えている。

◆

「はぇ～……かっわい……真冬、アンタ一体どこでそんな風になっちゃったのよ」

「静に出会った瞬間からかしら」

「な訳ないでしょーが」

静の言う通り、真冬ちゃんは変わった。そりゃあ勿論誰だって小さい頃のまま成長する訳じゃないし、色々とスレながら大人になっていく。俺だってそうだ。今更虫網を片手に野原を駆け回る気にはなれない。

だけど、それにしても真冬ちゃんの変わりようは異様だった。どうしてこんなにクールな性格に成長したんだろう。あの頃は俺と一緒に服が砂だらけになるまで外で遊んで、こっぴどく怒られていたのに。

◆

「おにいちゃん、まってよぉ……」

おれがお手本代わりにジャングルジムを登っていくと、真冬ちゃんはおれを見上げて泣きそうになっていた。

「大丈夫だって。今の見てたでしょ？　普通に登れば何もないから」

「みてないよぉ……こわいよぉ……」

真冬ちゃんがしゃがみこんでしまう。多分泣いちゃった。最初は焦ったけど、今はもう慣れっこだ。真冬ちゃんは本当に泣き虫で、先週初めてブランコに挑戦した時もこんな感じだった。夕方にはお母さんが迎えに来るまでブランコから離れようとしなかったけど。

「本当に大丈夫だって。この前のブランコも面白かったでしょ？」

「……ぶらんこは、たかくないもん……」

「高いのが怖いの？」

兄としては、真冬ちゃんに色々楽しい事を経験させてあげたいんだけどなあ。

「……うん……まふゆ、たかいのやだ……」

「そうきたかあ」

こういうの、何て言うんだっけ？

こーしょきょーふしょー？

とにかく、高いのが怖いって人がいるらしいのは知ってる。多分、真冬ちゃんはそれだ。

おれは一年生の時からジャングルジムのてっぺん登ってたし。

「しゃーないなあ。じゃあおれが一緒に登ってあげるから。それならどう？」

「……いっしょに？」

真冬ちゃんが顔を上げた。真冬ちゃんは何でも怖がるけど、おれが一緒にやってあげるとすんなり挑戦してくれるんだよな。ブランコもシーソーもそうだった。シーソーは向こうに誰も乗ってなかったから、全然楽しくなかったけど。

「そ。おれがやった通りに登ってみてよ」

おれが地面に飛び降りると、真冬ちゃんがびっくりして後ろ向きにこけた。

「いたい……」

「真冬ちゃんはおっちょこちょいだなー。ほら、後ろ向いて」

背中についた砂をはたいて落とす。真冬ちゃんの服を汚すと、何故(なぜ)かおれがお母さんに怒られるんだ。世の中はリフジンだぜ。

「いい？　まずは右手でここを持つ」

「うん……」

おれの真似(まね)をして、真冬ちゃんがジャングルジムの一番下の段に手を掛けた。何度も俺と一緒になってるか見返してる。

「そしたら、ここに右足を掛ける」

真冬ちゃんがおれの真似をする。

「そしたら、右足を……伸ばす！　そんで、ここを左手で摑(つか)む！」

おれが一段上に上がると、真冬ちゃんは早速動きを見失ってもたもたしてしまった。

「おにいちゃんまって、いかないで」

「行かないって。いい、もう一回やるから」

下に戻って、同じ動きをゆっくりとやる。このジャングルジムは学校のより小さいから、真冬ちゃんでも全然届くはずなんだよな。

「えっと……んっ！」

真冬ちゃんが勢いよく伸ばした左手が、一段上の棒を摑んだ。

「おおー上手い！　真冬ちゃん才能あるよ！」

「えへへ……」

真冬ちゃんは「才能ある」って言うとめっちゃ喜んでくれるんだよな。これが真冬ちゃんを前向きにさせるコツだ。

「あとは、同じ事をやるだけだから。ほら、見てて？」

右手、右足、そして左手。リズムよく繰り返して、一番上まで登る。

「簡単でしょ？　次は真冬ちゃんの番。ほら、まず右手」

「みぎて……」

「右足」

「みぎあし……」

「右足を伸ばす！」

「のばす……！」

真冬ちゃんが一段上を摑む。ここまで来ればもう余裕だ。おれの言葉に合わせて、真冬ちゃんは無事にてっぺんに辿り着いた。

「へへ……のぼれたぁ」

真冬ちゃんがにっこりと微笑む。

「流石真冬ちゃん！　どう、面白いでしょ？」

「うん！　ありがとぉ、おにいちゃん」

「いいって。おれはお兄ちゃんだから色々教えるギムがあるんだ」

お母さんにもそう言われてるし、最近は真冬ちゃんと遊ぶのが楽しくなってきた。最初は「一年生の女の子と遊んでもなー」と思ってたけど、なんか本当の妹が出来たみたいで不思議な気持ちなんだよな。

「じゃあ、降りよっか。因みに、ジャングルジムは降りる方が難しいからね」

「えっ……」

真冬ちゃんが急に泣き顔になる。結局真冬ちゃんは丁度真ん中辺りで動けなくなって、逃げるようにジャンプしたけどおれが受け止めきれなくて、服が砂だらけになっちゃった。真冬ちゃんの服はなんかフリフリが沢山ついていて、全然砂が落ちなかった。

絶対怒られる……。

◆

「………思ったんだけどさ」

お茶をずずっと啜ってから、静が口を開いた。

「子供の頃の蒼馬くん、結構無茶振りするよね」

痛い所を突いてくる。

「うぐっ……それについては悪いと思ってるんだ、本当に。当時は色んな遊びをさせてあげるのが良いと思っててさ……」

泣いてる年下の女の子に嫌がる事を無理やりさせるなんて、今の俺には絶対出来ない。子供特有の単純さというか残酷さというか……とにかく真冬ちゃんには申し訳ない事をした。

「因みに私は幼稚園の頃からジャングルジム余裕だったけどね」

「別に蒼馬くんの事を恨んではないけれど、当時は複雑だったわね。怖いのも本心だったし、その先に楽しさが待っているのも理解していたし」

静の謎のマウントをスルーして、真冬ちゃんが言う。

「ほんとごめんね……怖かったよね、色々」

真冬ちゃんのお母さんはその辺りを全然気にしてる様子はなくて、寧ろ事あるごとに「一緒に遊んでくれてありがとう」とお礼を言われていたんだけど、その分母親に「真冬ちゃんに危ない事させるな！」とめちゃくちゃ怒られてた記憶がある。

当時の俺は「真冬ちゃんが面白がってるんだからいいだろ」と思ってたけど、今思うと全然良くない。もし怪我でもさせてしまったら大変な事になっていた。

「でも、あの毎日がなかったら、今みたいにはなっていないと思うから」

だから、感謝してる。

真冬ちゃんがそんな事を言う。

「ありがとう。でも、今みたいにはなってなかったって……どういう事？」

真冬ちゃんは少し後悔の色を顔に滲ませて、しかし逃げられないと悟ったのか、ゆっくりと口を開いた。静が、ごくりと大きく唾を飲み込む。

「蒼馬くんがどう思っていたかは分からないけれど、離れ離れになって私は凄くショックだった。あの時の私は蒼馬くんの事を本当のお兄ちゃんのように思っていたから、いきなり家族が離れ離れになるような感じだった」

ある日、いきなり真冬ちゃんが引っ越してしまい、俺達は疎遠になった。俺はそれを後になって知った。母親が、俺がショックを受けると思って伝えなかったんだ。

真冬ちゃんも同じだったようで、ギリギリになるまで引っ越しの事を知らなかったらしい。

「私、ずっと蒼馬くんにくっついていたでしょう？　だから一人では何も出来なくて。でも、もう頼れるお兄ちゃんはいない。転校してから暫くはそれなりにキツかったわね」

とにかく寂しかった、と真冬ちゃんは小さく呟いた。さっきまで茶化すようだった静も、しんみりしながら話を聞いている。

「小学校を卒業するあたりまで、私は下ばかり向いて生きてきたわ。でも、このままじゃいけないとはずっと思っていた。それで、中学校に上がる時に私は一念発起したの」

何を、と訊く代わりに俺は視線で先を促した。

「怖がりな性格は、もうやめようって。知らない人と話す事なんて、初めてジャングルジムに登ったあの時や、初めてカブトムシを捕まえたあの時や、廃工場に忍び込んだあの時に比べれば全然怖くない。そう思ったら、自然と勇気が湧いてきたの」

「廃工場……？　あんたら、色々やってたのね……？」

静(しずか)が湿度の高い視線を俺に向ける。

「若気の至りだ」

小さい頃は本当に馬鹿だった。どうしてあんな事が出来ていたんだろう。

「中学校を卒業する頃には人見知りもなくなっていたわ。気の置けない友人もそれなりに出来た。でも、高校にあがったら別の問題が出てきた」

それは、何となく分かる気がした。真冬ちゃんが現在進行形で被(かぶ)っているあの問題だろう。

「一体どうしたのよ？」

「簡潔に言えば――凄くモテたのよ」

……この時の静の顔を、きっと俺は一生忘れないだろう。

「ちょーちょー……真冬、あんた喧嘩(けんか)売ってるわけ？　それの一体何が問題なのよ」

「優しくしたらすぐに勘違いされるし、同性からも『男に媚(こび)を売っている』と嫌われる。モテすぎるのも意外と大変なのよ。高校時代はあまりいい思い出はなかったし、気が付いたらこんな性格になっていたわ」

そう言う真冬ちゃんの声色からは、苦労が滲み出ていた。なるほど、こうやって真冬ちゃんは今の性格を獲得していったのか。そうすると俺と二人きりの時に見せるあの姿が本来の性格なのかもしれない。あれはあれで少し甘えん坊過ぎる気もするけど。

「はえ〜……そんな漫画みたいな事、現実にあるんだねえ」

「真冬ちゃん、大学でも凄いからね。一番人気があるんじゃないかな」

「真冬でそんなに人気なら、私も大学に入ったら危なかったかもか」

静は妙に真剣な表情を作って顎に手を当てた。暗い話を引き出してしまった責任を感じて、静なりに場を盛り上げようとしているのかもしれない。

「静も素性を明かせば人気だろうな」

なんたって大人気ＶＴｕｂｅｒだ。大学にもファンは沢山いるだろう。それで中身も可愛(かわい)いとなれば、絶対に凄い人気が出る。もしかしたらミスコンで真冬ちゃんに勝ってしまうかもしれない。

「む、私だけの魅力じゃ足りないと申すか」

「いや、そういう訳じゃないけどさ」

流石に真冬ちゃんは相手が悪すぎるというか。

「私は静なら人気が出ると思うわよ？」

俺を助けるように真冬ちゃんが口を挟む。珍しく静を褒(ほ)めるんだなと思っていたら、口の端が僅かに上がっていた。静の冗談はどうやら真冬ちゃんに刺さったらしい。

「ふっふっふ、真冬。あんた中々分かってるじゃない」

真冬ちゃんの肩にがっちりと腕を回して、キメ顔の静。二つ下に遊ばれている可哀想な二十歳が出来上がっていた。でもまあ実際、普通に人気出ると思うけどな。人懐っこい性格してるし。

「私の昔話はこれで終わり。面白い話じゃなかったでしょう?」

「まあ確かにね。面白くはなかったわ」

言いにくい事をズバッという所は、静の良い所だと俺は思う。

「でも、真冬の事が知れて私は嬉しい。あんたも色々苦労してるのね」

先輩風を吹かせて真冬ちゃんの頭を撫でる静。真冬ちゃんは一瞬だけ鋭い目で静に視線を向けたものの、珍しくされるがままになっていた。

二人が初対面の時、静が「私がお姉さんね」と言って真冬ちゃんに睨まれていたのを思いだす。あの時は俺も静は末っ子タイプだと思っていたけど、案外、本当にお姉さんタイプなのかもしれないな。

◆

これはもう、完全に体質の話だと思うんだけど、俺は少しの物音で目が覚めてしまうタイプだ。皆で一緒に寝たりすると、誰かが起きてトイレに行ったり、下手すれば寝返りを打ったりするだけで目が覚めてしまう。唯一、真冬ちゃんが部屋に忍び込んで添い寝してくる時だけは目が覚めないけど、あれは多分真冬ちゃんが気配を消す技を会得しているだけで、基本はそうはいかない。

俺だけ男というのもあるし、そういう理由もあるので、俺だけ別の部屋で寝たかったんだけど、下手に布団を動かすとひよりんを起こしてしまうかもしれないと二人に言われ、結局俺達は同じ部屋で寝る事になった。

多分、あまり眠れないだろうなと確信を持ちながら布団に入った所、やはり疲れていたんだろう。眠りに落ちるのは一瞬だった。

「…………」

意識が覚醒した。一瞬の無音の後で、誰かがもぞもぞと布団から抜け出るのが分かった。やはり目が覚めてしまうか。場所的に、恐らくひよりんだろう。

俺は目を閉じて、再び意識が落ちるのを待った。どうせ帰ってくる時にまた目が覚めるのだから、そんな事をしても意味はないんだけど、他にやる事もない。

足音が近付いてくる。逆に、普通に人はこれで目が覚めないんだろうかと訊きたいくらいだった。羨ましい気もするし、この体質のお陰で寝坊した事がないから儲(もう)けている気もする。普通に生活する分にはデメリットもないしな。

おかしい。足音が近付きすぎている。今、枕元にいないか……?

足音がそこで止まる。明らかに、すぐそこに誰かが立っている気配。

「――――、!?」

嫌な予感など、感じる間もなかった。

布団の中に誰かが入ってくる。姿は見えないけど、柔らかさや髪の感じでひよりんだと一瞬で分かった。まだ酔いが覚めていないのか!?

ひよりんは、明らかにおかしいだろうに、そのまま完全に布団に入ってきてしまった。それどころか、俺の首筋に顔を擦りつけるように枕を占領し始め、俺を抱き枕代わりと勘違いしているのか、覆い被さるように抱き着いてきた。

物凄く、女性の匂いがした。

髪から香るシャンプーの匂いと、それ以上に全身から漂うひよりん特有の甘い香りで、俺は変になりそうだった。どうして、異性ってこんなにいい匂いがするんだろうか。男だったら、少なくともいい匂いはしないだろうに。

もしかして、人間の生殖本能を刺激するように本能に刻まれてるんじゃないだろうか。そうじゃないと説明出来ないくらい、理性を破壊してくる。

「ひ、ひよりさん……!　間違ってますって……!」

と喋(しゃべ)ったつもりだったけど、声は殆(ほとん)ど出なかった。物理的に覆い被さられているので少し息苦しかったし、それ以上に全身が緊張していた。声帯すらもギンギンに張っていた。

「う、ん……」

ひよりんはもう寝息を立てていた。あまりにも早すぎる。多分、ひよりんは物音で起きてしまうとか、そういう悩みとは無縁なんだろうな。今だけは本気で羨ましかった。

「マジで、死ぬ、これ……！」

今まで、酔ったひよりんには何度も理性を破壊されかけてきた。正直、誘ってるんじゃないかと思った時だってある。人気声優のひよりんが俺を誘う訳がないから、何とか踏みとどまれているだけで、これでひよりんが一般人だったら、今頃どうなっているか分からない。『据え膳食わぬは男の恥』という言葉を俺は一応知っているんだ。

そして、今回は今までのどんな攻撃をも凌駕していた。もう、胸が当たっているとか、太ももが柔らかいとか、そういう次元じゃなかった。

全てが当たっている——それが正しい表現だった。

胸も、太ももも、腕も、そして寝息さえ当たっている。据え膳どころか、完全にあーん状態だった。これで誘ってないは流石に無理がある。もし漫画や小説で、俺とひよりんが主人公とヒロインだったとして、この先でそういうシーンがなかったら俺は怒るだろう。ここから手を出さない主人公が一体どこにいるんだ。

……残念な事に、これでひよりんは全く誘ってないのだった。ひよりんはただ酔っているだけだ。本当に男泣かせというか何というか……罪な存在だった。

「うぅん……そーまくん……」

これで、本当に誘ってないのだ。多分夢の中でもお酒を飲んでいるんだろう。それで俺の名前を呼んでいるんだ。

……正直、俺って本当に凄いと思う。多分、普通の大学生なら、今までの間に絶対手を出してしまっている。俺が奥手だからとか、臆病だからとかそういう話ではなく、兎に角ひよりんのスキンシップはおかしい。普通の人ならまず耐えられない。俺だって、何度か勘違いしかけたレベル。

…………こんな事を続けられたら、いつか俺だって間違いを起こしてしまいそうだ。心の涙を流しながら、俺は頭の中で必死に羊に柵を越えさせる。

「…………」

またも目が覚めた。というか、いつの間に俺は眠りに落ちたんだ。あの状況で眠れるとは、やっぱり疲れていたんだな。

何故目を覚ましたんだろう、と周囲にアンテナを張ると、ずるずる……という何かを引き摺るような音が耳に入った。そして、布団の中が動いている事に気が付く。ひよりんの身体が、布団の中から引き抜かれていく。びっくりして声が出そうだった。

ひよりんが完全に布団から引き抜かれていった後、その音がひよりんの布団辺りで止まった。

そして俺の布団の空いたスペースに、誰かが入り込んで来る。寝起きの頭では何もかも理解出来ず、思考が置いていかれる。

「お兄ちゃん、起きてるでしょ？」

か細い声の主は、真冬ちゃんだった。

「声、出さないでね。皆起きちゃうから」

それはお願いというより、脅しのように聞こえた。

真冬ちゃんはまるでひよりんの匂いを上書きするように俺に身体を擦りつけると、そのまま俺に絡みついた。同じように抱き着かれているのに、ひよりんと真冬ちゃんでは全然感覚が違う。ひよりんに抱き着かれている時は凄く温かいというか、密着感を感じるのに比べて、真冬ちゃんは少しひんやりしていて、まるで羽毛が乗っているかのように軽い。

同じ人間なのにこんなに違うとは。

「お休み、お兄ちゃん」

訳が分からないまま、夜が更けていく。


「うぅ……といれ……」

足音が聞こえ、またも目を覚ました。今度は声もしっかりと聞こえた。静が起きたんだ。

隣を見れば真冬ちゃんは眠っているようで、寝息が肩にかかっている。あれはやっぱり夢じゃなかったんだな……。

足音が通り過ぎ、少しして戻ってくる。そのまま元の場所に戻……らない。何故か枕元でピタッと止まった。

「え……嘘でしょ……？」

ぼそっと静が呟いた。ヤバい、バレたか……？

「蒼馬くん……信じてたのに……」

バレていた。でもちょっと待ってくれ。どうして俺が責められているんだ。どう考えても、この状況で悪いのは真冬ちゃんの方じゃないか。

「まさか裏切られるなんて……こんなの辛すぎる……」

言いながら、静がいそいそと布団に入ってくる。真冬ちゃんに対抗しているのか知らないが、どうしてそんな事を。これで両サイドを固められてしまった。

静は俺の腕をぎゅっと握りしめて、「おやすみ」と呟いた。ツッコミたいが、俺が起きているとバレたら静は騒ぎ出すだろう。それで皆を起こすのは申し訳なかった。

寝返りどころか、身動き一つ取れない。そんな状態のまま、夜が更けていく。


起きた。

今度は、特に何もなく目が覚めた。寝ている二人から両腕をそっと引き抜き、スマホを確認すると六時。少し悩んで、朝風呂に行く事に決めた。

二人を起こさないようにそっと布団から出る。俺の抜けた布団には二人が仲良く並んでいて、それはそれでちょっといい景色だった。横に目をやると、ひよりんが掛け布団の上に寝転がっていた。

……真冬ちゃん、せめてちゃんと布団を掛けてあげてくれ。

部屋から出て、静まり返った通路を歩く。何となく身体を動かしたい気分だったのでエレベーターではなく階段で行く事にした。二人に抱き着かれていたので身体が凝り固まっていて、それを解しながら歩いていると、ほどなくして大浴場に辿り着いた。

流石に時間が早いのか、誰もいないようだった。貸し切り状態で少しテンションがあがる。昨日の話ではどうやらこっちの露天風呂からは海が見えるようだし、ゆっくりと景色を楽しむ事が出来そうだ。

浴場に入り、露天風呂へ続く曇ったガラスの向こうをチラッと見てみると、空が妙に大きい。恐らく下半分は空ではなく、海の青だ。期待に胸が膨らんでいく。

身体を洗って、さっそく露天風呂へ。

扉を開けた瞬間、気持ちのいい景色が俺を出迎えた。

「うおお……これは凄いな」

空の水色と、海の青。光り輝く太陽が、そこにキラキラと輝く一本の白い道を作っている。眩しさに、つい目を細めた。

少し熱めの風呂に肩までつかると、思わず声が漏れ出た。人は、風呂に入る為に生きてるのかもしれない。そう思わされるくらいに気持ち良かった。凝り固まった身体が熱でほぐれていく。

「……良い旅行だったなあ」

間違いなく、この夏一番の思い出になった。美味しい物を食べて、観光をして、お酒を飲んで、露天風呂に入る。これ以上の幸せなどあるだろうか？

「皆も楽しめたかなあ」

そして勿論、こんなに楽しかったのは皆がいたからだ。皆の楽しい思い出になってくれれば、それが一番嬉しい。

静は……楽しそうだったな。射的では人一倍輝いていたし、花火の時もはしゃいでいたし、夜ご飯では美味しそうにお肉を食べていた。卓球も面白かったし、二人で海を見た。あれは青春だったな。

ひよりんは……飲んでばかりだったなあ。でもそれが一番楽しいんだろう。一緒にバーに行ったのは凄くドキドキしたけど、めちゃくちゃいい体験だった。布団に入ってきたあの瞬間を、俺は一生忘れないだろう。

真冬ちゃんは……うん、珍しくテンションが上がっていた気がする。好きなドラマの聖地を巡れて嬉しそうにしていた。花火のお陰で昔話も出来たし、忘れていた記憶を沢山思い出せた。本当に、また会えて良かった。

じーっと海を眺めていると、時間を忘れて少しのぼせてしまった。そろそろあがるとするか。

髪を乾かして、ロビーで無料のコーヒーを貰い、ソファに座ってゆっくりとそれを飲んだあと部屋に戻った。すると、何やら騒がしい声が聞こえてくる。

「ちょっと、どうして静が私の布団で寝ているのよ」

「いやいや、ここは私の布団だからね？　あんたが入ってきたんでしょーが」

「ねえ、私どうして掛け布団の上で寝てたのかしら？　誰か知らない？」

「それは分からないです」

しれっと嘘をつく真冬ちゃんに笑いそうになりながら部屋に戻ると、皆の視線が俺に注がれた。

「蒼馬くん、どこ行ってたのさ」

「ちょっと朝風呂に。海めっちゃ綺麗だったよ」

「あ、いいわねえ。私も今から行こうかしら。朝ご飯の時間ってまだ大丈夫よね？」

「八時からなのでまだまだ大丈夫ですよ」

「私も行くわ。静のせいで汗を掻いたし」

「それはこっちの台詞だから。私も朝風呂行くもんね。旅行と言えば朝風呂だもん」

二人とも勢いよく俺の布団から立ち上がった。喧嘩するほど仲が良い……はずだ。

「じゃあ私達も行ってくるわね？」

「了解です。留守番は任せて下さい」

三人が部屋から出ていく。俺はその背中をぼんやりと見送った。

……そういえば、三人って俺がいない時はどういう会話をしているんだろう。蒼馬会では常に俺がいるから、どうにも想像出来なかった。

◆

「ほへ～……気持ちい～……」

私は迷わず露天風呂に飛び込んだ。折角露天風呂があるのに、中のお風呂に入るのなんて勿体(もったい)ないもんね。

「昨日の海も良かったけど、こっちの景色も綺麗ねえ」

ひよりさんが私の隣に入ってきて、竹で出来た柵の向こうに目を向ける。昨日はお風呂から海が一望出来たけど、今日は山が見えるだけだった。そんなに綺麗かなあ、この景色。ちら、と中を確認すると、真冬はまだ身体を洗っている。

「昨日はよく眠れた？　真冬ちゃんと二人で寝てたみたいだけど」

ひよりさんの顔は、湯気を浴びて玉子みたいにつるつるだった。私より肌年齢が若そうでちょっとショック。芸能人はやっぱりエステとか通ってるのかなあ。

「うーん……眠れたような、眠れなかったような。まさか真冬が寝ぼけて入ってくるとは」

本当はめちゃくちゃ熟睡出来た。やっぱりね、好きな人に包まれて寝ると違うね。

「それは良かったわねえ。私なんて掛け布団の上で寝ちゃってたの。全然記憶がないのよ？」

あはは、と自嘲気味にひよりさんが笑った。本当に、どうしてあんな所で寝ていたんだろう。酔っぱらっていたのかな？

扉が開閉する音が聞こえて、真冬がやってきた。空いてるスペースに身体を滑り込ませて一息ついている。ひよりさんと違って外の景色に感動する素振りは全然ない。

ちら、ちら。

私はバレないように、湯気に隠れながら二人の胸を視察した。

分かってはいたけど、昨日も思い知ったけど……やっぱり大きい。ひよりさんなんてタオルが下から持ち上がってるし。風船でも入れないとああはならないよ。

真冬は真冬で、どちらかと言えば私の仲間だとは思うんだけど、全くの無ではない。確かに、何かがそこには存在している。

「ぬぐぐ……」

朝からブルーじゃ。同じ人間なのに、どうしてこんなに差があるんだよう。一体、私は前世で何をやらかしたというんだい。

「……何？」

私の視線に気が付いて、真冬が嫌らしい目を向けてきた。

「べ、べっつに～？」

真冬には負けてない、ギリギリ引き分けだから。そう自分を鼓舞しながら目を逸らす。

「……私、まだ十八歳だから。これから成長するの――静と違ってね」

売り言葉に買い言葉、あからさまに喧嘩を売られて視線を真冬にカムバック。真冬は二ヤッとしながら私に哀れみの目を向けていた。というか、考えてた事筒抜けだったんだけど！

「な、何を訳の分からない事を。十八から胸が大きくなる訳ないじゃん」

　私なんて二十年間大きくなってないんだから。胸の大きさは生まれた瞬間に決まるのよ。真冬(まふゆ)、あなたの胸はそこで終わりなの。

「ひよりさんってどうでした？　いつまで成長してましたか？」

　真冬がひよりさんに水を向ける。

　ひよりさんは恥ずかしそうに頬に手を当てて、言った。

「……わ、私は……未(いま)だに、ちょっとだけ……」

「……は？」

　声が二重に聞こえた。

　見れば、真冬も私と同じように、眉を一直線にしてひよりさんを睨(にら)んでいた。

「いや、あの、本当に少しだから……！　去年買った物が、最近ちょっとキツくなってきたなあ……みたいな……あ、あるでしょうそういうの!?」

「はぁん……去年、ねえ」

　そんな経験、一生ないんですけど？

「真冬……どうする？　とりあえず沈める？」

「やるなら手伝うわよ」

珍しく真冬も乗り気だ。心の友よ。

「ええっ!?　じょ、冗談よね……?」

じりじりと私達から距離を取るひよりさん。でもここは小さな露天風呂。すぐに逃げ場はなくなった。

今は他に誰もいないし、ちょっとくらい騒いでも大丈夫だよね。

ひよりさんの両腕を摑んで、今まさに水中に引き摺り込もうとした——その時。ひよりさんが苦し紛れに叫んだ。

「し、下着と言えば静ちゃんはどうだったのっ?」

時が止まる。

「蒼馬くんに見せたりしたの……?」

「なっ!?」

「確かに。それは私も気になるわね。どうせ蒼馬くんに見せる為に買ったんでしょう」

心の友に背中から刺され、窮地に陥る。

「なっ、ななな何を!?」

「あの派手な下着よ。わざわざ旅行先に持ってくるって事は、そういう事じゃない」

「だからあれは紛れて持ってきちゃっただけで」

「別に蒼馬くんに言ったりしないから。で、どうだったの?」

「うう……」

私の嘘も誤魔化しも、真冬には通用しないみたい。最早白状するしかないのか……。

「…………ない」

「？」

「見せられる訳あるかあぁあああああ！」

お湯を思い切り真冬に浴びせる。私のやるせなさを喰らえ！

「わぷっ……ちょっと、何するのよ」

「うるさい！　勝負下着を笑えるのは勝負下着を買った事がある奴だけなんだぁ！」

真冬に突進して水中に引き摺り込む。今の私は怒りの河童じゃい！

水中で私に勝てると思うなよ!?

「はぁ……はぁ……」

負けた。

「いきなり抱き着いてこないでよね。びっくりするじゃない」

「私の攻撃を、いとも容易く……？」

「どうして汗を流した直後に汗を掻かないといけないのよ。露天風呂でテンションが上がるのは分かるけれど」

「それでテンションが上がってる訳じゃないけどさ……というかテンションは下がり続けているけどもさ……」

格差を目の当たりにしてね！

「で、でもほら！　静ちゃんは大きな一歩を踏み出したと私は思うわよ……？」

ひよりさんが思いやりの籠もった言葉を掛けてくれる。気持ちは嬉しいけど、今の私はそれにすら文句を言いたいよ。

「巨乳の人には何も言われたくない……もし私にそんな胸があれば、今頃蒼馬くんに……」

それはそれでちょっと勇気が出ないけども。なにせ自分に胸があるという感覚がよく分からないから。

とにかく私が言いたいのは、ひよりさんなら別に勝負下着なんかに頼らなくたって充分魅力的だって事。こんな恥ずかしい思いをする必要なんてきっとない。

私が湯船に沈んでいくと、何故か隣でひよりさんも沈没し始めた。一瞬、体調が悪くなったのかも思って身構えたけど、何か違うみたい。

「胸があるのが幸せだなんて幻想よ……」

「え……？」

今のは聞き間違い……？

常識がひっくり返るような事が聞こえた気がするんだけども。

「いいじゃない二人とも……胸がないからって言い訳が出来て。胸があったらって言えて。ねえ、じゃあ胸があるのに振り向いて貰えない私って……一体何なの……？」

ひよりさんが虚ろな目で闇を吐いている。私も真冬も、ただ見守るしかなかった。

「昨日だって……わざと胸元を緩めたのに全然見てくれないし……私ってそんなに魅力ないの……？」

「うわ、ひよりさんって計算でそういう事するタイプだったんだ」

いやまあ思ったけど。真冬、よく口に出せるわね。

「いくら酔っぱらってるからって誰にでも抱き着いたりしないわよ……早く手を出して頂戴よ……」

うわあ……結構凄い事言ってる。何かちょっと可哀想になってきたかも。

「大人って汚いわね……やっぱりお酒って卑怯だわ」

沈みゆくひよりさんに遠慮なく棘を刺していく真冬。この子にはきっと年上とか目上とかいう概念がないんだろうな。初対面から私にタメ語だったし。普通に呼び捨てだし。

「……まあでも、確かに蒼馬くんは手を出さなすぎ。私も色々思う所はあるわ」

熱湯を浴びせた後に冷や水を掛けるような事を言う真冬。サウナと水風呂なら整うのかもしれないけど、流石に温度差が激しすぎてひよりさんは大ダメージを受けていた。

そんなひよりさんを無視して真冬は続ける。

「私って多分可愛いと思うの。流石にその自覚はあるわ。そんな私が下着姿で添い寝しているのに、起きて一言が『おはよう、朝ご飯食べる？』ってどういう事なの？　そこは『真冬ちゃんを朝ご飯にしちゃいたい』じゃないわけ？」

「ぶふぉ！」

思わず吹き出してしまう。ネタで言ってるのかと思ったけど、真冬の目は大マジだった。

やっぱりこの子、ちょっと……いや、かなり変わってるよね？

……でも、思い返すと私にも心当たりがない訳ではない。私だって、蒼馬くんと二人きりでいい雰囲気になったり、一緒に寝たりした事はある。

それなのに、蒼馬くんがそういう感じになったのを見た事はない。

「私も一応『推し』のはずなんだけどなあ……やっぱり胸……あ、でもひよりさんも一緒か……」

「うっ……」

つい無意識に攻撃してしまった。ごめんなさい、ひよりさん。

「私達（たち）三人、誰も手を出されていない。でも蒼馬くんに恋人の影はない——それは私が保証するわ。そこから導かれる結論は一つ」

しれっと怖い事を保証し始めた真冬。なんかストーカーとかしてるのかな。してそう。

「一つ……？」

私とひよりさんが真冬に視線を向ける。自分に魅力がない、という事実を否定できるのなら、どんな結論でも受け入れる準備は出来ている。

真冬はゆっくりと私達を見た後、口を開いた。

「蒼馬くんは女性に興味がないのかもしれないわ」

◆

「おかえりー……？」

朝風呂から帰ってきた女性陣は何やら様子がおかしかった。揃（そろ）いも揃って、じっとりとした目を俺に向けている。俺、何かしちゃったのかな。

「確かに、言われてみればそんな気も……」

「うーん、本当にそうなのかしら。私の写真集買ってくれたし……」

「ファンだから買っただけかもしれないわ。ひよりさん、手筈（てはず）通りにお願いします」

「ほ、本当にやるの……？」

「はい。悔しいけれど、ひよりさんが適任なので」

三人がこそこそと何かを話している。不審に思いながらその様子を眺めていると、ひよりんがおずおずとやってきて、隣の座椅子に座った。

「――、」

声が出そうになった。

ひよりんは何故か、大きく胸元をはだけさせていたのだ。決定的な物は見えてはいないけど、もう、本当にギリギリだった。風呂上がりの大きな胸が、その谷間が、完全にあらわになっていた。

……ちょっと待ってくれ、一体これは何なんだ!?

ひよりんの顔が急速に赤くなっていく。目がきょろきょろと高速移動している。身体が少し震えている。

「ぁ、ぅ……」

うわ言のようにひよりんが息を吐く。

いやいや、こんなのはおかしい。下着はどうしたんだ。というか一体何故こんな事を。

色々な思考が薄く紅潮した谷間に吸い込まれていく。俺も頭がくらくらしてきた。鼻先に

血が集まってきて、凄く熱い。

「……も、もう無理ぃ……!」

ひよりんが勢いよく立ち上がって、隣の部屋に逃げ出した。まるで金縛りにかかってい

たかのように俺の身体から力が抜ける。

「はあ、はあ……」

マジで、今のはなんだったんだ。夢じゃないよな……?

胸に手を当てると、爆発寸前ってくらい跳ねていた。

「真冬──どう?」

「うーん……シロ、かもね。残念ながら」

「そんなぁ……じゃあやっぱり私に原因が……」

「まだ結論を出すには早いわ。もう少し様子を見てみましょう」

何かを言い合いながら、静と真冬ちゃんも襖の向こうに消えていく。

◆

「余は満腹じゃあ」

朝ご飯の会場から帰ってくるなり、静が畳の上に大の字に寝転がった。幸せそうな表情は見ているこっちまで楽しい気持ちになってくる。静のこの表情に、俺は何度嬉しくなった事か。料理の作り甲斐がある奴なんだよな、静は。

「朝ご飯も豪華だったわねえ」

「ですね。まさかうどんを目の前で打ってくれるとは思ってませんでした」

昨日の夜ご飯も凄かったけど今朝のバイキングも大満足だった。温泉といい、ご飯といい、本当にいい旅館だった。選んでくれた真冬ちゃんに感謝だな。

その真冬ちゃんは、窓の前でじっと外の景色を眺めている。太陽の光が反射して、海がキラキラと輝いている。

「楽しい旅行だったね」

隣に立つ俺に、真冬ちゃんは一瞬だけ視線を向けた。

「そうね。色々、興味深い旅行だったわ」

「うんうん。まだまだ話足りないよね」

静が寝転びながら会話を継ぐ。

「そうねえ、また色々お話ししましょう」

ひよりんも乗っかってきた。どうやら今回の旅行で女性陣の絆が深まったらしい。一緒にお風呂に入る事で、壁が一つ取り払われたのかもしれないな。まさに裸の付き合いという奴だ。

「………」

裸、という言葉でさっきのひよりんを思い出してしまう。もしかすると、その女子会とやらで盛り上がって、俺をからかう為にあんな事をしたのかもしれない。お陰様でしばらく忘れられそうにない。

「そろそろ着替えようかしら」

真冬ちゃんが海を見ながら呟いた。そして、流れるような動作で帯に手を掛ける。

「ちょっ——!?」

何かを言う隙もなく、浴衣が軽い音を立てて畳に落ちた。慌てて目を逸らしたけど、一瞬、白い肌と黒い下着で視界が一杯になる。

「ま、真冬ちゃん!?　脱ぐなら隣の部屋で脱いでくれない!?」

「ごめんなさい。つい、いつもの癖で」

涼しい声色が離れていく。隣の部屋から物音が聞こえるのを確認して、俺は目を開けた。

あんなに綺麗だったオーシャンビューも、今は全く魅力的に見えなかった。脳裏には真冬ちゃんの雪のように白い肌がこびりついている。

「うーん……やっぱり……」

「そうねえ。普通の反応よね……」

背後では静とひよりさんがこそこそと何かを話している。女性陣が仲良くなったのは嬉しいけど、唯一の男としてはちょっと寂しい気持ちもあるのだった。

◆

チェックアウトの時間ギリギリに旅館を出発した俺達は、昨日行けなかった観光地などを巡り、最後にお土産を買ってから帰ろうという話になった。今は大きめな道の駅で思い思いにお土産を物色している。

「お土産と言っても、買う相手もいないしなあ」

夏休み中だから大学にも行かないし。となると自分用になるんだが、そうなるとどうしても食品ばかり見てしまう。

……お、この蟹味噌は良さそうだな。簡単に蟹の味噌汁が作れるらしい。真冬ちゃんが蟹好きだという事も分かったし、買いだ。昨日の海鮮丼と一緒に飲んだ蟹の味噌汁も美味しかったしな。

皆の姿を捜しながら歩いていると、一番目に付きやすいメインのコーナーで静を発見した。お土産に持ってこいな、どこに行っても置いてありそうな小分けのお菓子が置いてある、あのコーナーだ。そういえば、こういうお菓子は製造元が同じで、ただパッケージを変えて「○○県限定」と謳(うた)っている場合が多いと聞いた事がある。試しに一つを手に取ってみると、確かに製造元は別の県だった。この世の闇を垣間見(かいまみ)たな。

「静、何見てるんだ?」

静は真剣な表情でチョコラングドシャとミルクサブレの箱を見比べていた。箱が積まれている上には食品サンプルの棚があり、どういうお菓子なのか分かるようになっている。静が見ている二つのお菓子は、まさに「どこに行っても置いてある」タイプのものだった。一応商品名にはこの観光地の名前が入っているけど、ただそれだけだ。

「蒼馬(そうま)くん。いやね、どっちの方が美味しそうかなあって」

静は箱を裏返して、成分表にまで目を通している。小さく記載されている「製造……埼玉県」の表記に果たして気が付くのか。俺達は今海沿いにいて、勿論(もちろん)埼玉県に海はない。

「……コーンスターチって何?」

しかし、静の疑問は全く別のものだった。何か怪しいものでも見つけたかのように、目を細めている。まさかコーンスターチを聞いた事がないのか?

「トウモロコシのでんぷんだ。お菓子によく入ってるもので、怪しくはないぞ」

「トウモロコシかあ……私トウモロコシあんまり好きじゃないんだよなあ」

静は俺の話を聞いて、僅かに顔をしかめる。

「別にトウモロコシの味はしないから安心しろ。片栗粉(かたくりこ)を舐(な)めてもじゃがいもの味がしないのと同じだ」

「片栗粉は舐めた事ないなあ。てか、片栗粉って栗から出来てるんじゃないんだね」

「確かに言われてみればそうだな」

トウモロコシのでんぷんであるコーンスターチには「コーン」という言葉が入っているのに、じゃがいものでんぷんである片栗粉にはじゃがいもの名前が入っていない。気になって調べてみると、元はカタクリというユリ科の植物から作っていたらしい。それが今はじゃがいもになったと。勉強になったな。

「うーん……まあどっちも買っとけばいっか。賞味期限長いし」

静は迷っていた二つをどっちもカゴに突っ込んだ。決めきれなかったようだ。

「それはどこへのお土産なんだ？」

「事務所。旅行に行くって伝えてあるからね。一応買った方がいいかなって」

「しっかりしてるじゃないか」

ちょっと意外だった。

「まあね。折角東京に住んでるんだし、こういう事もやらないとね」

そういう静は少し嬉しそうだった。確かに事務所の近くに住んでいなければお土産を渡す事も出来ない。引っ越して来たばかりの静には、そういう事が嬉しいんだろう。

そこで、俺は「なるほど」と思った。静にではなく、このお土産に対してだ。

特産品が使われている訳でもない、こういう名前だけのお土産がどうして人気なのか全く分からなかったけど、不特定多数の人が食べる状況では癖のない物の方が買いやすいのかもしれない。確かに「かにせんべい」の方がこの観光地をよく表しているかもしれないが、蟹が嫌いな人は食べられないだろう。真冬ちゃんは喜ぶかもしれないが。

そういう時の為にこういうお土産があるんだな。俺も社会人になったらこういう物を職場に買っていくようになるんだろうか。

「よーし、あとは自分用のお菓子買おっかな。ねえ、美味しそうなおかずとかあったら買ってもいい？」

「構わないぞ。調理するタイプでも、難しくなかったら作ってやるよ」

「さっすが蒼馬くん！　ありがとね！」

ばんばん、と軽く俺の背中を叩いて静はお菓子コーナーへ消えていった。こまめに足を止め、商品を手に取り、顔を白黒させ、試食コーナーで笑顔になる静は、やっぱり放っておけない可愛さがあるのだった。

「ふい～、買った買った」

両手に大きな袋を持って、静が道の駅から出てきた。既にひよりんと真冬ちゃんは揃っていて、一緒に静を待っている。

「沢山買ったわねえ」

「殆ど自分用ですけどね。美味しそうなのが多くて」

　自嘲気味に笑いながら静が輪に加わる。ひよりんも真冬ちゃんもキャリーケースに入るくらいしか買わなかったようで、片手はフリーだった。因みに俺も同じくらいだ。

「静、それキャリーケースに入らないのか？」

　絶対に無理だろうな、と思いつつ一応聞いてみる。静は「持ってて」と俺に買い物袋を預けると、恐る恐るといった様子でキャリーケースをコンクリートの床に寝かせ、ゆっくりとロックを解除した。ロックを解除しただけなのに何故か蓋が上に盛り上がり、静が慌ててそれを抑えつける。

「……無理かも」

「だろうな。これ持ってやるよ」

「え、いいの？」

「またへばられても困るからな」

　一つをキャリーケースの上に乗せ、一つは普通に手に持つ。袋の中はお菓子から始まり、肉味噌などのおかず類、レトルトのご当地カレーなど様々だった。その中で異彩を放っている大きなたこのぬいぐるみが、袋の中からじっと俺を見つめ返している。どうしてこんなものを。

「それじゃあ……そろそろ帰るか」

　たった二日滞在していただけなのに寂しい気持ちになるのは、きっとこの旅行がとても楽しかったからだろう。静も、ひよりんも、そして真冬ちゃんも、多分同じ気持ちだ。何故って、来る時より少しだけ足取りが重かったから。

「二日間、一瞬だったね……」

静が小さい声で呟いた。

「ねえ、また行けるよね？」

静が縋るような目で俺を見つめる。

「勿論だ。絶対また行こうな」

「約束だからね？　私、絶対予定合わせるから」

「私も出来る限り合わせるわ。どうしても無理な時はあるけれど……」

「……私は大学くらいしか予定ないから」

「み、みんなぁ……」

静が足を止め、目に涙を浮かべる。静の背後では太陽が赤みを増して、少しずつ海に沈もうとしていた。眩しくて、少し目がチカチカする。

「私……東京に引っ越して来て良かったなあ」

静の目から一筋の涙が流れ落ちる。静はそれに気が付くと、ごしごしと目を拭った。

「私も静ちゃんとお友達になれて良かったと思ってるわよ？」

ひよりんが静の傍に近寄り、小さな身体をぎゅっと抱き締める。静も恥ずかしそうにしながら、ひよりんの背中に控えめに手を回していた。

……何という尊い光景か。『推し』と『推し』が抱き合っている。

「何ニヤニヤしてるの」

声の方に視線を向ければ、真冬ちゃんがジト目で俺を睨んでいた。慌てて両手を振る。

「い、いや、俺も皆に会えて良かったとだな……」

「嘘。どうせ『うおー、推しがくっついてるぞ』とか思ってたんでしょ」

見透かされていた。真冬ちゃんの洞察力の前ではどんな嘘も通用しないような気がした。

「そんな事もあるような、ないような……」

真冬ちゃんは少しの間、非難するような目つきで俺の事をじーっと見つめていたが、やがて視線を逸らして歩き出した。呆れられてしまっただろうか。

「行きましょ。電車の時間に間に合わなくなるわ」

東京とは違い、ここで電車を逃すと致命傷になり得る。俺達は真冬ちゃんの後を追って歩きだした。坂を上り切ると、赤く染まった空の下で古びた駅舎が大口を開けて俺達を待っていた。楽しかった旅行も、もう終わりだ。

◆

俺達は行きとはまるで違うテンションで車内を過ごしていた。ぽつぽつと会話こそあるものの、どうにも騒ぐ気になれず、俺はじーっと窓の外を眺める。すっかり赤く染まった海が、俺達を見送っていた。悲しいけど綺麗だった。

　皆も同じ気持ちなのか、それとも疲れているのか、空いた車内は驚くくらい静かだった。ちら、と車内に視線を向けると、対面の席ではひよりんと真冬ちゃんが仲良く目を閉じていた。何より珍しいのは、真冬ちゃんがひよりんに寄り掛かる様に眠っていた事だ。

「ねえねえ、真冬、可愛くない？」

　俺が二人に気が付いた事に気が付いた静が、耳元でぼそっと呟いた。そっとスマホのカメラを起動させ、シャッターを切る。きっと後で何かに使うつもりなんだろう。絶対殴られると思うけど。

「確かに。珍しい光景かもしれない」

　基本的に誰かを頼るという事をしない子だ。自惚れかもしれないが、俺以外には特に。やはりこの旅行で仲が深まったと見るのが自然だろう。

「なあ、ちょっと訊きたい事があるんだが」

「どったの？」

　二人に気を遣って小声で会話を続ける。

「女性陣、なんか仲良くなった？」

　俺に質問に、静は「んー」と語尾を伸ばしながら少しだけ悩んだ後、小さく微笑んだ。

「そうかも。ほら、私達って基本蒼馬会で集まるからさ。三人で話す事ってそんなにないんだけど」

「やっぱりそんな感じなのか」

予想通りではあった。静もひよりんも土日休みの仕事ではないし、真冬ちゃんはそもそも社交的ではない。三人で出掛けたりとか、そういう事はしていないイメージがある。

「勿論、二人きりが気まずいとかじゃ全然ないんだけどね。でも、今回の旅行でちょっと壁が壊れた感じはあるかも」

静が嬉しそうに目を細めて二人を眺める。そんな静を見ていると、俺まで嬉しくなってくる。

「良かったな、静」

「うん。……でもね、ちょっと不満もあるんだよ？」

「不満？」

「蒼馬くんとも、もっと仲良くなりたかったなー……なんて」

ちらっと横目で俺を見る静。目が合うと、さっと視線を前に戻してしまう。電車がちょうどトンネルを抜け、暖かな西日が静の頬を赤く染めた。

「もっとお話ししたかったなー……とか、思ってたりするんだよ」

「……そうか」

としか言えない自分が悔しかったし、それ以上に恥ずかしかった。どうして俺はここで気の利いた事の一つでも言えないんだろうか。「俺もだよ」と真顔で言えたらカッコいいのに。実際、そう思っているのに。

「……まだ、旅行は終わってないぞ?」

何とか絞り出した言葉。静がもう一度俺を見た。太陽が雲で隠れ、それでも静の頬は赤いままだった。

「今から、お話しすればいいんじゃないか?」

今度は静は目を逸らさなかった。俺達は少しの間、無言で見つめ合う。

「……ふふっ」

二人を起こさないよう声を出さずに、俺達は笑い合った。

「そーしよっか。ねえ、さっきお土産屋さんで美味しそうなお菓子買ったんだけど――」

静が立ちあがって、荷物置き場から何かを取り出して戻ってくる。小さな袋には「心まで海老になる！　絶品えびスナック」と書かれていた。

「――一緒に食べない?」

そう言っていたずらっぽく笑う静に目を奪われ、俺は首を縦に振る事しか出来なかった。

……心まで海老になりませんように。

「そういえばごめんね?　何か寝ぼけてたみたいでさ、蒼馬くんの布団に入っちゃったみたいなの」

大して気にしてなさそうな気軽さで静は両手を合わせた。

「起きたら真冬もいてびっくりしたよ。真冬も寝ぼけちゃったのかな?」

「どうだかなあ……」

　あまりの白々しさに思わず笑ってしまいそうになる。まさか静も俺が起きていたとは思うまい。真冬ちゃんに対抗して入ってきたんだとは思うんだが、もう少し自分の行動の意味を考えた方がいいと言いたかった。

「俺もびっくりしたけどな。起きたら両サイドが人で埋まってるんだから」

「あはは、そうだよね」

　他人事（ひとごと）のように静が笑う。ここで「実は起きてました」と言ったら静はどういう反応をするだろうか。気になるけど、流石（さすが）にやりはしない。そこで発生する気まずさをどうにか出来る自信が俺にはなかったからだ。

「そういや、ひよりさんも変な寝方してたよね。掛け布団の上に寝ててさ。寝ぼけてたのかな？」

　俺達、どんだけ寝ぼけ集団なんだよ。

　とツッコミたくなるが、ひよりんに関しては完全に寝ぼけていた。もしくは酔っていたのかもしれない。ただ、ひよりんがやった事は俺の布団に入ってきた事だけで、掛け布団の上で寝ていたのは真冬ちゃんの仕業（しわざ）だった。これは墓場まで持っていかなければいけない秘密だ。

「酔ってたのかもしれないな。結構飲んでたし」

「確かに酔っぱらってたよね。……ねえ、今度は私もバーに連れてってよね」

　興味津々、という様子で目を輝かせる静。多分バーという場所に憧れがあるんだろう。因みに俺もそうだった。

「でも静、お酒あんまり飲めないだろ」

「そこはほら、特訓するから。ひよりさんと宅飲みする約束もしたし」

「マジか……俺も行った方がいいんじゃないか？」

　どう考えても、暴走したひよりんを静一人で止められるとは思えない。

「だーめ。女子会だからねー。蒼馬くんには聞かせられない話もあるんだから」

「そういうもんか」

　そう言われては引き下がるしかない。まあ手に負えなくなったらうちに駆け込んでくるだろう。

「そういうもんなの。あ、そういえば蒼馬くんに聞きたい事があるんだった」

　女子会でちょっと話題になったんだけどね、と静が付け足す。

「え、何だ……？」

　それを聞いて俺は強い不安に襲われた。女子会の中で俺の事が話題になっているという事実が、どうしても嫌な想像を掻き立ててしまう。

「あー、いや……これマズかったかな……？　聞かなかった事には……？」

「流石に無理だって。そこまで言ったなら教えてくれよ」

　物凄い悪口を言われているという事はないだろうけど、小さな不満が積み重なっている可能性はある。例えば、最近そうめんを出し過ぎだとか。

「うーん……え、えっとね？　ほんと——に変な意味じゃなしに、そのままの意味で捉えて欲しいんだけど」

「お、おう」

そんなにかしこまられると緊張してくるんだが。まさか、本格的な悪口だったりするんだろうか。

「蒼馬くんってさ——女の人に興味なかったりする？」


「…………いやいや。どうしてそう思うんだよ」

質問されたのはまさかの内容だった。どうしてそんな事が女子会で話題になるんだよ。

「それは……まあほら、何となくというか。蒼馬くんって紳士だよねーみたいな話になったのよ。それで……どうなの？」

喜んでいいのか悲しんでいいのか分からない。蒼馬くんって変態だよね、と話題になるよりはマシだけど、それだけだった。

「どうなのって言われてもな……」

今時、興味あると直接伝えるのもセクハラになるんじゃないか？

「あっ、あの無理はしなくていいからね？　言いたくなかったら全然言わなくても大丈夫だから！」

静の気の遣い方が完全にそういう感じで、俺はつい口が滑ってしまう。

「お、俺は普通に女の子が好きだから！　いっつもドキドキしてるから！」

「え……？」

「あ」

自分が何を口走ってしまったかを実感して、途端に顔が熱くなる。それは静も同じだったようで、顔を太陽より赤くして俯いてしまった。

「そ、そそそそか。そりゃそうだよね、ごめんね変なコト訊いちゃって……！」

「お、おう……俺の方こそゴメン……いらない事まで言っちゃってさ」

「いやいや……元はと言えば私が悪い訳だし……」

もごもごと口を動かすけどそこから先は言葉になっていなかった。

「うう……」

静がぎゅっと自分の両手を太腿で挟む。俺の事を警戒しているように見えた。マジで変な事言っちまった……。

「何か私、変な事訊いてばっかりだね。下着の事とかさ……」

「……言われてみれば確かに。どうした？　何か変な物でも食べたか？」

「やっぱり蒼馬くんのご飯じゃないとダメかもーなんてね……たはは」

「まあそう言ってくれるのは嬉しいけどな」

料理人冥利に尽きるというか。いや、料理人ではないけども。

「……じゃあ、今晩もうちでご飯食べるか？」

「いいの？　今日は皆疲れてるからなしって話じゃなかった……？」

静が顔を上げる。ちょっと嬉しそうなのが表情から分かった。これだから静にご飯を作るのは止められない。

「また変な事訊かれても困るしな。それに、さっきの道の駅で色々試したい具材も買ったんだよ」

俺がそう言うと、静がぱあっと笑顔になる。やっぱり静は笑顔が一番だな。

「あ、それじゃあ私も作って貰いたい物あるんだ！　あのね、さっき買った奴なんだけど――」

静が買い物袋から取り出したのは、まさに俺が試したかった蟹味噌だった。簡単に蟹の味噌汁が作れるという魔法の調味料。ネットの評価もかなり高い一品だ。

「これね、お味噌汁にちょっと入れるだけで蟹のお味噌汁になるんだって！　凄くない!?　昨日のお昼に飲んだ蟹のお味噌汁が美味しかったから買ってみたの！」

買った理由まで同じだった。我慢出来ず笑ってしまう。

「ちょっと、どうして笑うのさ！」

「いや、俺も同じ奴買ったからさ。美味しそうだよな、これ」

「えー、そうだったの!?」

静は目を大きく開いて驚き、そしてちょっと残念そうにした。びっくりさせたかったらしい。しかしすぐに立ち直って蟹味噌をしまい、代わりにたこのぬいぐるみを引っ張り出して来た。お腹に抱いて気持ちよさそうにしている。

「何買ったんだ、それ？」

「ん～、分かんない。何かたこのぬいぐるみあったからさ。旅行に来た記念にと思って」

静は暫くの間ぬいぐるみを潰したり揉んだりして遊んでいたが、疲れが来たのか、それともぬいぐるみが良い感じのクッションになったのか、ぬいぐるみに頭を落とす様に眠りに落ちた。

「…………」

皆が寝て、車内が静寂に包まれる。規則的に響く音と振動につい俺まで寝てしまいそうになるけど、流石に睡魔に負ける訳にはいかない。この後の乗り換えがあるからだ。

「……少しくらい、いいよな」

手持無沙汰になった俺は、皆の寝顔を見ながら時間を潰す事にした。三人の幸せそうな寝顔を眺めていると、俺の心まで温かくなっていく。多分きっと、この温もりを、『幸せ』と呼ぶんだろう。

エピローグ

マンションに帰ってきた頃にはすっかり夜になっていた。時間で言えばたった一日半くらいしか経っていないのに、見慣れたマンションが凄く懐かしい景色に感じる。それくらい強烈な二日間だった。俺達は生活しているのはあの山と海に囲まれた温泉街ではなくコンクリートに囲まれたこの都会なんだ、という実感がじんわりと胸を包んでいく。

エレベーターに乗り込み、いつものボタンを押す。全員がキャリーケースを持っているので、それだけでエレベーターは一杯だった。

「ほんとーに終わっちゃったね……」

「帰ってきてちょっとほっとする気持ちもあるけど、やっぱり少し寂しいわね」

静とひよりんがしょんぼりしながら、上がっていく階層表示を眺める。口にはしないけど俺も同じ気持ちだった。多分真冬ちゃんも。

程なくしてエレベーターは俺達の階層に到着した。本当の本当に、これで旅行は終わりだ。

「蒼馬くん、本当に夜ご飯作るの？」

自宅のドアを開けようとした所で、ただ一人いつも通りの様子だった真冬ちゃんが声を掛けてきた。

「疲れてるんじゃない？」

「今日はそんなに動いてないから大丈夫。お腹空いてるでしょ？」

「空いてるけど……別に家に何もない訳じゃないし」

　真冬ちゃんが俺に気を遣ってくれているのは丸わかりだった。俺たちの会話を、静もひよりさんも家に帰らずに聞いている。

「いきなり一人で過ごすのもなんか寂しくてさ。ご飯でも食べながら旅行の思い出話でも出来たらなあって思ってるんだけど……どう？」

　こういう言い方は卑怯だったかもしれないけど、俺の本心でもあった。このまま「はい、解散」で終わるのは何とも味気ない。

「……お兄ちゃんがそれでいいなら、私は嬉しいけど」

「本当に大丈夫だから。心配してくれてありがとね。じゃあ皆、一時間後に来てください」

　皆、それぞれの家に帰っていく。玄関のドアを閉じると、暗い部屋が俺を出迎えた。何だかそれが凄く悲しかった。電気を点けると、そんな気分もいくらか紛れはしたが。

「さてさて、ちゃちゃっとやっちゃいますかね」

　キャリーケースから洗濯物を引っこ抜きカゴにぶち込むと、キッチンに立つ。とりあえずご飯を炊かなければ始まらない。今から炊けば一時間後にはギリギリ間に合うはずだ。

というか、それに合わせて集合時間を設定したからな。

ご飯をセットして、冷蔵庫を開ける。今日は簡単な丼ものにする予定だから必要な物といえばネギと卵くらいなんだが……気になる事が一つ。ネギがあったか定かじゃないんだよな。というか、多分ない気がする。

「…………うーん、やっぱりないか」

蟹の味噌汁も作りたいし、ネギはあった方が良いよな。そういえば豆腐もない。こりゃ買いに行くしかないいか。

時計を確認して、頭の中でタイムラインを組み立てる。最寄りのスーパーは頑張れば往復二十分はかからない。迷ってる時間はないみたいだ。

マンションから出て、速足でスーパーへ。信号待ちの時間を利用して、一応蟹の味噌汁のレシピをネットで検索してみる。多いのは長ネギが入っているレシピだけど、丼に使いたいのは青ネギなんだよな。

信号が青になる。スマホを尻ポケットにしまい横断歩道を渡ると程なくしてスーパーが見えてきた。よし、長ネギにするか。流石に豆腐メインの味噌汁に刻んだ青ネギでは食感が寂しい気がするし。丼の方は長ネギを良い感じに切れば問題ないだろう。

今日は簡単に済ませるつもりだったけど、結局スーパーに来ると色々浮かんでしまうもので、気が付けば予定外の大葉も買ってしまった。海鮮丼にちょっと刻んだ大葉が添えてあるだけで、各段に美味しくなる気がするんだよな。

家に着くと、ちょうど二十分が経過していた。皆が来るまであと三十分くらいしかない。味噌汁用のかつお出汁をとりながらネギと大葉、豆腐を刻んでいると、玄関が開く気配があった。

「来たよ～」

足音がリビングまでやってくる。声の主は静だった。手を止める暇はないので、声だけで応対する事にした。

「随分早いな。まだ全然出来てないぞ？」

「分かってる分かってる。お、早速お味噌汁かね？」

静が隣にやって来て鍋の中を覗いた。まだかつお節が浸ってるだけだが、味噌汁だと分かったらしい。

「あれを使ってみようと思ってさ。静も気になるだろ？」

「勿論！　あ、そだそだ早く用事を済まさないと」

「用事？」

よく見れば、静は片手に買い物袋を持っていた。静は冷蔵庫に歩いていくと、特に断りもなく開けた。我が家の冷蔵庫は既に皆の共用のようになっている。

「私が買ったおかず類、こっちの冷蔵庫に入れとこうと思って。勿論勝手に食べてもいいからね？」

「了解。後で物色させて貰うわ」

静の家には炊飯器すらない。当然、食品類はうちの冷蔵庫に収納される事になる。

「折角だし、一緒に料理してみるか？」

「じゃ、じゃあ私はリビングで寛がせて貰おうかな〜、料理の邪魔しちゃ悪いからねっ」

静は俺の声が聞こえてない振りをしながらリビングに逃げていった。概ね予想通りの反応だったので特にショックはない。寧ろ、乗り気になられたらどうしようかと思ったくらいだ。静は小学生の調理実習で先生に包丁を取り上げられた過去を持っている。

かつお節を濾して、具材を煮立てていく。といっても豆腐と長ネギしかないんだが。これは決して面倒臭かった訳ではなく、下手に具材を増やして蟹の風味がぼやけたら嫌だなと思ったんだ。

具材が煮立ったから味噌をお玉で溶いていく。綺麗に溶けたのを確認して、冷蔵庫から蟹味噌の瓶を取り出した。四人前だから……これくらいかな。

「……おお！」

まさに魔法だった。蟹味噌を溶かすと、キッチンいっぱいに濃厚な蟹の匂いが広がった。簡単に蟹の味噌汁が作れるという謳い文句はどうやら大袈裟ではなかったらしい。

「え、どったのどったの!?」

俺の驚きを聞きつけて静がキッチンに走り寄ってくる。そして、俺が何かを言うまでもなく驚きの声をあげた。

「おお〜！　これは、まさしく蟹の味噌汁！」

「な！　こりゃ凄いわ」

そりゃあ蟹味噌が入ってるんだから蟹の匂いはするだろう、というのは分かるんだが、それにしても濃厚な匂いだった。あまりのいい匂いにお腹がぐぅと鳴る。

「いやー、これは楽しみですなあ」

スキップしながら静がリビングに帰っていく。すると、そこでインターホンが鳴った。

頼むより早く静が確認しにいく。

「あ、ひよりさんだ。随分早いね」

静がブーメランな事を言いながら玄関へ歩いていく。少しして、二人の話し声が聞こえてきた。

「静ちゃん、もう来てたのね？」

「何だかお腹が空いちゃって。ひよりさんも早くないですか？」

「私は部屋に一人でいるのがちょっと寂しくて。まだ早いけどいいかなって」

二人分の足音がリビングに帰ってくる。炊飯器が炊き上がりをアラームで知らせた。何とか間に合いそうだな。

「蒼馬くん、お邪魔するわね」

「はい。まだなので座って待ってて下さい」

「分かったわ……わあ、何だかいい匂いがするわね？」

「蟹っぽいお味噌汁を作ってみたんです。一応蟹の身も入ってるんですけど、小さいので多分感じられないと思います。なので蟹風味って事で」

「あ、もしかして道の駅に置いてあったやつかしら」

「ですです、ひよりさんも見てたんですね」

通路の傍に専用コーナーで出ていたから、結構売れているのかもしれないな。

「お酒のおつまみにも良さそうだったから、買おうか悩んだのよ。でもほら、私って一応減酒中じゃない？　ここで買っちゃったら一緒だなって」

「えっ、ひよりさんお酒減らしてるんですか？」

静がびっくりしている。気持ちは凄く分かるぞ。

「それにしちゃ沢山飲んでたような」

「うっ……きょ、今日から減らすのよ」

やいのやいのと二人が楽しそうに話している。それを聞きながら俺は味噌汁を味見する。

こんなの間違いなく美味いんだが……うん、美味い。というか、マジで蟹の味噌汁だな。

これは暫くの間うちの味噌汁に革命が起きるぞ。

「…………よし」

ご飯も炊きあがったので、冷蔵庫から秘密兵器を取り出す。

俺が道の駅で買ってきた今日の丼のメイン――――釜揚げしらすだ。

あつあつのご飯の上に沢山のしらすを載せ、そこに刻んだネギと大葉を散らす。仕上げに卵黄を中央に載せれば――しらす丼の完成だ。

今ひらめいたけど、ゴマもいいかもしれないな。味噌汁がかつお出汁だから、こっちにもかつお節を追加してもいいかもしれない。戸棚からゴマとかつお節を取り出した。

「あら、もう集まっているのね」

音もなく真冬ちゃんがリビングに現れた。時計を見れば集合時間の五分前だ。

「もしかして私待ちだったかしら？」

「いや、今丁度ご飯が炊けたとこ。もうすぐ出来るから座って待っててよ」

「うん。ありがとうお兄ちゃん」

リビングに三人が揃った。

「静、気になってたんだけれど、あれはどうするの？」

「あれ？」

「あの派手な下着――」

「しーっ！　しーっ！　聞こえるから！」

料理の準備をしながら、三人の会話を背中で聞くこの時間が俺は好きだった。何というか……安心するんだよな。今はよく聞こえないけど、きっと旅行の楽しかった思い出でも話しているんだろう。

「ああ、ごめんなさい。蒼馬くんに隠しているのなら洗濯出来ないんじゃないの？」

「あ、そうだった！　普通にカゴに入れちゃった！　あとで回収してこないとだ」

「何やってるのよ。それで、どうするの？　捨てるの？」

「ぬぅん……洗濯のやり方も分からないし、勿体ないけど捨てるしかないかなあ。もう着ないと思うし……」

「それならうちで洗ってあげてもいいけれど」

「えっ？」

四人分の丼にご飯をよそう。むわっと湯気が立ち上って、炊き立て特有の甘い匂いが肺いっぱいに広がった。ご飯が見えなくなるくらい贅沢にしらすを載せて、刻んだネギと大葉を散らしていく。

「勿論、静が良ければ、だけど」

「ま、真冬……！　でもどうして……？」

「それは――」

「お友達だからよね？」

「――必死に浴衣を押さえる静が面白かったからよ」

「あらあら」

「ぬぎぎ……バカにしてえ！」

何だか騒がしいな。

ゴマをぱらぱらと振りかけ、真ん中に作ったくぼみに卵黄を落としていく。静はカラザが残っていると嫌がるので、箸で取り除いてやる。そうしたら卵黄の上にそっとかつお節を載せて――出来上がりだ。

「で、どうするの？」

「ぬぐぐぐ………お願いします……！」

「了解。じゃあ食べ終わったら家に来て頂戴」

　四人分のお味噌汁をお椀に注いだら、今日のメニュー「釜揚げしらす丼と蟹風味お味噌汁」の完成だ。

「よーし、皆出来たぞー！」

　振り返ると、三人が嬉しそうな表情でこっちを見ている。この瞬間も俺は大好きだった。


「うおおおー！」

　静の大きな声に隠れていたけど、ひよりんも真冬ちゃんも感嘆の声をあげていた。

「海鮮続きで申し訳ないけど、道の駅で美味しそうなのが売ってたからさ。今日はしらす丼と蟹の味噌汁です」

「これ、蟹は入ってないんだよね？　それなのにこんな匂いがするの？」

　真冬ちゃんが味噌汁に目を落としながら言う。そうだよな、びっくりするよな。見た目はただの豆腐のお味噌汁なのに、蟹の匂いがするんだから。

「厳密に言えば小さい身は入ってるはずなんだけどね。実は蟹味噌を溶かしてるんだ」

「このしらすも道の駅で？」

　ひよりんが目を輝かせながらしらす丼を見つめている。

「ですね。確か名産だった気がしたので」

「お酒のつまみに良いわねえ……はっ、だめだめ我慢よ」

「ねえねえ、早く食べよ？」

視線をやれば、静が我慢出来ないとばかりにもう手を合わせていた。

「そうだな。じゃあ……頂きます」

「いただきまーす！」

「いただきますっ」

「頂きます」

今日も、蒼馬会が始まる。


「蒼馬くん！　しらす丼めちゃくちゃ美味しいんだけど！」

「うん、とっても美味しいわ」

「これ、ちゃんと蟹のお味噌汁ね……凄い」

三者三様の反応ながら、皆美味しいと言ってくれた。何度経験してもこの瞬間は嬉しいんだよな。

卵黄を箸で崩して、いい感じにとろけた所で、下の白米まで一緒くたに口に運ぶ。

……うん、めちゃくちゃ美味しいな。

「ありがとう。こりゃ素材が美味しいって感じだな」

なにせ味付けらしい味付けは何もやってない。俺は薬味を散らしたり卵黄を載っけたりしただけだ。

「いやー、私はこのアイデアが凄いと思うんだよね。大葉とかゴマとか、細かい所が違いを作ってるというか」

「そうよねえ、私が自分で作るなら大葉とか載っけないと思うなあ」

「私はお兄ちゃんが作った物なら何でも美味しいわ」

「ちょっと真冬、それ卑怯！　私だって蒼馬くんのご飯なら何でも美味しいもん」

「私も勿論蒼馬くんのご飯は大好きよ？」

　急に三人からべた褒め攻撃をくらい、戸惑いと恥ずかしさが胸の中に広がる。でも、やっぱり一番大きいのは嬉しさだった。

「本当に、毎日ありがとね。なんか今回の旅行でこの毎日のありがたみを実感したというかさ」

　静がいい雰囲気の事を言っている。言いながら物凄い勢いでしらす丼を口に運んでいた。格好付かないかもしれないけど、それが何とも静らしい。

「お礼を言いたいのは俺の方だよ。毎日こんなに騒がしい生活が出来るなんて、この春まで想像もしてなかったからさ。毎日俺のご飯を食べてくれてありがとう……って言い方は何かおかしいけど。でも、そういう気持ちなんだ」

　あんなに広く寂しかった四人掛けのテーブルも、今では狭いくらいだった。リビングも、冷蔵庫も、食器棚も、何もかもがあの頃とは違う。その変化一つ一つが、本当に嬉しい。

「私も蒼馬くんには本当に感謝してるわ。蒼馬くんのお陰で毎日美味しいお酒が飲めているし、外で飲む決心もついたもの。何だか迷惑を掛けてばかりで、年上としては恥ずかしいけれど……本当にありがとうね」

「いえ、そんな……改まって言わないで下さいよ。俺だってひよりさんと知り合えて本当に嬉しいんですから」

まさか、あの『八住ひより』からこんな事を言われる日が来ようとは。

……数か月前の俺、信じられるかよ？

「私は、いつも伝えているから。今更言う事なんてないけれど」

そう言って規則的にしらす丼を口に運ぶ真冬ちゃん。確かに真冬ちゃんにはミスコンのステージ上で熱い想いを伝えられたばかりだった。

「まさか、こうやってお兄ちゃんの作ったご飯が食べられるなんて全く想像してなかった。あの時、あの講義で再会できたのは、本当に奇跡だと思ってる。私はあの日の事を一生忘れない」

口調こそ単調だったけど、真冬ちゃんがどんな想いで言っているのかは分かる気がした。

「俺も真冬ちゃんとまた会えて本当に嬉しいよ。お兄ちゃんの事、まだまだ頼ってくれていいからね」

――――この生活は、いつか終わる。

それが就職なのか、引退なのか、転職なのか、またはそれ以外の何かなのかは分からない。俺に彼女が出来るかもしれないし、誰かに彼氏が出来るかもしれない。そうなればきっと、この生活は続けられない。それはずっと先の話かもしれないし、案外すぐなのかもしれない。確実なのは、いつか必ず終わりが来るという事だ。

今の生活はまるで夢みたいだな、と俺は思っている。

ネットの『推し』と出会い、リアルの『推し』が引っ越して来て、『幼馴染』と再会までした。

そんな毎日だからこそ、いつか終わってしまうんだと後ろ向きに過ごすんじゃなく、今を全力で楽しみたい。

笑顔で俺のご飯を食べてくれる三人を見ながら、俺はそんな事を考えていた。

「蒼馬くん、お味噌汁おかわり！」

「あいよ、ちょっと待っててな」

静からお椀を受け取りキッチンに戻る。

お味噌汁を掬いながらふと窓に目をやると、そこには口元の緩んだ俺が反射していた。

あとがき

あらよっと、遥透子（はるかとうこ）です。

三巻をお買い上げ頂きありがとうございます。まさか三巻が出るとは思っていなかったのでびっくりしています。

今回はあとがきのスペースが少ないようなので、早速本題に入りたいと思います。

題して……私の『推し』を発表するぞ、のコーナー！

読者の方から、「『推し推し』には沢山の可愛（かわい）いヒロインがいるけど、作者の『推し』は一体どの子なんだ？」という質問が私のＤＭに殺到しているので（嘘（うそ）じゃないよ）、この機会に発表したいと思います。ででん。

私の『推し』は――ヤンデレ幼馴染（おさななじみ）、水瀬真冬（みなせまふゆ）ちゃんです！

予想が当たった方には１００遥透子ポイントを差し上げます。では、またどこかで。

遥　透子

ネットの『推し』とリアルの『推し』が隣に引っ越してきた 3

発　　行　2024年5月25日　初版第一刷発行

著　　者　遥 透子
発 行 者　永田勝治
発 行 所　株式会社オーバーラップ
〒141-0031　東京都品川区西五反田 8-1-5
校正・DTP　株式会社鷗来堂
印刷・製本　大日本印刷株式会社

Printed in Japan　ISBN 978-4-8240-0825-1 C0193